SHANGHAI LITERATURE & ART PUBLISHING GROUP

故事会
精品系列

故事会 ®

趣味故事

I0517150

上海锦绣文章出版社
上海故事会文化传媒有限公司

上海文艺出版（集团）有限公司

图书在版编目（CIP）数据

趣味故事 《故事会》编辑部编 – 上海：上海锦绣文章出版社
（故事会精品系列） ISBN 978-7-5452-0655-5
Ⅰ．①趣…Ⅱ．①故…Ⅲ．①故事 作品集 中国 当代 Ⅳ．I247.8
中国版本图书馆 CIP 数据核字（2010）第 091587 号

丛 书 名：故事会精品系列

书 名：趣味故事

主 编：何承伟

编 委：何承伟 吴 伦 姚自豪 夏一鸣

责任编辑：刘迎曦 鲍 放

装帧设计：王 伟

责任督印：张 凯

出 版： 上海锦绣文章出版社

上海故事会文化传媒有限公司

POD 海外发行： 中国图书进出口上海公司

电话：021–36357888

传真：021–36357896

地址：上海市虹口区广中路 88 号

邮编：200083

目　　录

趣 言 无 忌

　　为人处世难保面面俱到,生活中也不只是童言才无忌。就有这么些人,这么些时候,说话做事没遮没拦,让人哑然失笑,却也别有一番乐趣。

白忙一场

动物园里召开征兵动员大会,要求凡是年龄合格、没有残疾的动物都要踊跃当兵。征兵第一关是体检,每个动物都必须参加。

兔子不愿去当兵,它在去体检的路上边走边想:如果自己是残疾该有多好!它想啊想,灵机一动,忍着万般疼痛把自己两只长长的耳朵给折断了。果然,一到体检站它就被体检医生退了出来。

猴子见兔子如愿以偿,心里十分羡慕,因为它也不想去当兵。于是它也学兔子的样,把自己那条长长的尾巴折断了。结果,猴子也被淘汰了。

大黑熊看到猴子和兔子兴高采烈的样子,忍不住掉下了伤心的泪水。它对猴子和兔子说："你们要帮帮我,我也实在不愿意去当兵呀!"

猴子和兔子一听,顿时犯了难:大黑熊没有长长的耳朵,也没有长长的尾巴,怎么帮它呀? 它们想呀想,最后还是猴子机灵,对大黑熊说："有办法了,你不要怕痛,我们把你的门牙砸断,这样你变成残疾,不就不用去当兵了吗?"

大黑熊一听,这是个好主意,赶紧点头。

猴子和兔子于是就动手砸大黑熊的门牙,用了九牛二虎之力才砸下来,把大黑熊的嘴都砸破了,血滴了一地。不过总算完成了任务,大黑熊对猴子和兔子感激不尽。

第二天,猴子和兔子去拜访大黑熊,想知道它体检结果怎么样,不料大黑熊一见到它们就捂着嘴哭。猴子和兔子忙劝它说："别哭,别哭,到底怎么回事? 你要去当兵了?"

大黑熊伤心得直摇头："没……没……"

猴子和兔子很奇怪："那不是挺好的吗? 喔,你一定是为丢了门牙难过吧? 可你要想得到,总得付出吧?"

谁知大黑熊一听它们这话哭得更伤心了："你们不知道,昨天我去体检,刚进门,医生就对我说:'你太胖了,不符合要求。'早知道这样,我还砸什么门牙!"

（高　妹）

（题图:李　加）

聪明的小朋友

老师给一年级的小朋友们上安全教育课。

他问大家:"如果坏人要抓你们,你们怎么办?"

小朋友们回答说:"我们就喊'救命'!"

老师点点头,又问:"那么,喊几次呢?"

老师这一问,教室里立刻热闹起来,有的小朋友说"三次",有的小朋友说"十次",还有的小朋友说"一百次"。

老师笑了,告诉小朋友们说:"不管喊多少次,你们都要喊到有人来救才行!"

老师接着又问大家:"坏人就像大灰狼。小朋友们,你们能不能告诉老师,大灰狼喜欢吃哪种小朋友呢?是单独一个人在路上走的,还是一大群在路上走的?"

小朋友们异口同声地说:"是一个人在路上走的。"

老师听了,高兴地夸奖说:"对了,小朋友们真聪明!不过,大家知道这是为什么吗?"

一个小朋友立即举手回答:"因为一群小朋友太多了,大灰狼吃不完……"

可是旁边的小朋友一听就嚷嚷起来:"你真笨,吃不完不会打包吗?"

（言守义　供稿）

（**题图**:李　加）

女人的味道

　　这天,电视连续剧播映间隙的时候,跳出一家香皂厂做的商品广告:"荟丽香皂,女人味道。"

　　七岁的晓力觉得很好奇,小眼睛眨了又眨,然后神秘地问坐在身边的奶奶:"奶奶,女人究竟是什么味道呀?"

　　他这一问,把老奶奶给问懵了,真不知道该如何回答是好,于是就说:"奶奶不懂,还是去问你妈妈吧!"

　　晓力扭过身来摇摇妈妈的肩膀:"妈妈,电视里说,'荟丽香皂,女人味道',女人到底是啥味道呀?"

　　妈妈被她这一问,也问傻了眼,想了半天也不知道怎么回答,只好对晓力说:"你爸爸学问大,问你爸爸去!"

　　晓力爸爸这时候正在书房里忙着,晓力跑到爸爸跟前,说:

"爸爸,妈妈要你回答我的问题:女人究竟是什么味道?"

晓力的爸爸是大学教授,他略一思考,给晓力点拨了一条思路:"乖孩子,你数数咱家有几个女人呀?"

晓力一数:"奶奶、妈妈、姑姑,还有我,一共四个呀!"

"那好,你一个一个地想想,她们都是什么味道? 把这些味道加起来,不就是女人的味道了吗?"

晓力觉得爸爸说得很有道理,小眼珠一转,就认真思考起来。

爸爸看晓力这样子,笑了,启发他说:"你就先说说奶奶吧!"

晓力想了想,说:"楼上的人都说奶奶这辈子很苦,她以前一直在山村里,我想她一定是苦的味道,对吗?"

爸爸点点头:"对呀,你说得很对。你自己呢?"

晓力说:"你们老说我是在蜜糖罐里泡大的,我想我肯定是甜的味道。"

"那你姑姑呢?"

"姑姑人家都叫她'小辣椒',那她就是辣的味道了。"

"好,现在就剩下你妈妈了。说说看,妈妈是什么味道?"

晓力想了半天,实在想不出妈妈是什么味道。他小眼珠转啊转,小脑瓜想啊想,突然拍着双手大叫起来,:"有了,有了! 爸爸,我想起来了,那天你和妈妈吵架,你说妈妈总爱吃醋,醋是酸的,那妈妈肯定就是酸的味道了。"

晓力这一说,说得全家人都笑了起来。

好一会儿,爸爸才收住笑声。爸爸对晓力说;"乖孩子,你现在把奶奶、妈妈、姑姑和你自己的味道都搞清楚了,那么把它们加起来,不就是女人的味道了吗?"

晓力如梦初醒:"啊,原来女人的味道就是酸甜苦辣呀!"

(杨进升)

(题图:李 加)

吴有顿是足球场上著名的守门员,这一季联赛之后,出色的守门技术更让他名声大噪,几乎成了球迷心中偶像级的人物,被奉为"门神",各地足协、足球队的邀请函如雪片般飞到他所在的俱乐部,纷纷要求他去传经送宝。

这天,门神在家乡体校给足球运动员们讲了一课后,立即被接到一家豪华宾馆的会议室。在主席台坐定后,他发现下面听课的人看上去怎么都不像运动员,一个个胸挺肚腴、红光满面的样子。

不过门神心念一转,马上就明白了:今天这肯定是给教练员们上课。于是当即抖擞精神,高声开讲起来:"……守门员的基本功有以下几个字:接、扑、挡、推、踢、躲。要会接、善扑、能挡……最主要的是踢的功夫,只要球到了脚下,不要粘球,一定要踢出去,能找到接球的人最好,就算找不到,那也要大脚开出,把球踢得越远越好……"

门神讲到这儿,台下爆发出一片如雷的掌声。门神很感动,到底是家乡人民,这么热情,自己才刚刚开始讲了一点基本功,这些教练员们就有这么热烈的反应。

掌声平息以后,主持人插话道:"大家快记下来,门神用简单生动的语言,讲出了非常深刻又实用的道理,这对我们的工作太有帮助了!"

门神受到肯定,更加兴奋,接着说:"还有一项守门功夫,我一般不外传,今天在这儿也透露给大家,就是要会装蒜,会表演。对那些接不到、扑不着、挡不住的球,眼看着要进网窝了,咋办?这时候就要使出演戏的功夫,向裁判申诉,说对方犯规在先,或者冲撞自己,等等,关键时刻还要倒地不起,痛苦地呻吟。那些对手分不清真假,动作也就没这么果断了……"

门神讲到这里,会议室里简直沸腾了,大家都起立鼓掌,主持人更是难抑激动之情,紧紧握住门神的手说:"人才啊,人才!门神同志,非常欢迎你挂靴退役后到我们这里来工作。"

门神一听,老老实实地说:"对不起……当教练压力太大,我还没考虑过退役之后要干这个……"

谁知对方摇着油光光的大脑袋说:"哪能让你当教练呢?你当教练太可惜了。我是说,让你也来干我们这一行。"

门神奇怪了,不解地问:"你们这一行?你们不是做教练的吗?"

"当然不是,"主持人骄傲地说,"我们这些人都是搞信访接待工作的,你来了,准能做出成绩。"

门神听了不由张口结舌,两只眼睛顿时瞪成了铃铛。

(黄　胜)

(题图:李　加)

不要叫鬼

　　这天早上,老王出去买酒,正在小巷里走着,忽听后面有人叫:"老鬼,让一让。"

　　老王心想:这人说话怎么这么没礼貌? 回头瞪了他一眼:"你说什么?"

　　那人自知失礼,赶紧改口道:"大爷,请让一让,谢谢!"

　　老王这才给他让了道。

　　到了杂货店,老王掏出二块钱给老板,说要买一瓶一块九的烧酒。老板找了半天,找不出一毛钱来给他找零,只好对他说:"大爷,我这儿正好没零钱,要不下次来再给你补上?"

　　老王连连摇头:"我脑子不好,下次来准忘。你别看这一毛钱,少了它有时候倒也真办不成事……"

看老王不好商量，杂货铺老板立刻从零钱柜里拿出一个五毛的角子，鼻子里"哼"了一声，说："吝啬鬼，剩下这四毛就算我送你了！"

老王一听挺生气：我角角分分算着用，节约怎么变成了吝啬？他一气之下拿起烧酒瓶子就走，越走越想越冒火。走过几家门面，老王看到一家店铺门口正好有个石墩，就干脆在那儿坐下来，拔开酒瓶盖子想喝两口烧酒浇浇火。

这时，从店铺里走出个小伙子来，冲着老王直嚷："酒鬼，走开，我要倒水了。"

老王一听就跳起来：今天已经被人家喊了三次鬼了，巷子里是老鬼，杂货店里是吝啬鬼，现在又是酒鬼。他气得真想狠狠揍这个小伙子一顿，哪知还没伸出手去，人家一盆水就真的泼了过来。

老王惊得赶忙往后退，不小心撞上一个正路过这儿的姑娘。那姑娘脸涨得通红，骂了老王一句："你这个老色鬼，想占便宜啊？"

老王顿时就愣住了：才多大会儿呀，自己居然又从酒鬼变成了老色鬼？他不由气得血压立刻升高，"扑通"一声倒在了地上。

后来，老王被热心的过路人送进医院，经过医生一番抢救，总算捡回了性命。老伴一听老王高血压病犯了，心急火燎地直往医院赶，还没进病房门，老远就急着喊："你这个死鬼，可不能有什么三长两短啊！"

这时候老王刚醒过来，一听老伴喊他"死鬼"，差点又晕了过去……

（李清泉）

（题图：李　加）

比窦娥还冤

　　双休日,小李陪刚认识才一个星期的女友逛商场。女友明眸皓齿,长得楚楚动人,性格又活泼开朗,小李对她是一百个满意。

　　小李正在为女友挑选一件短外套,忽然听见有人喊他的名字,抬头一看,原来是同事大胜的老婆阿梅。

　　说起这个大胜啊,在单位里是出了名的"妻管炎",每月工资、奖金拿到手,回家就全部被阿梅没收,连夜都不过,所以背地里大家一直取笑大胜没出息。

　　阿梅因为来过大胜办公室几次,所以和小李有些面熟,她热情地过来和小李打招呼,小李的女友便也礼貌地朝阿梅点点头。

　　不知怎么的,阿梅把小李的女友从头到脚打量了好半天,羡慕地对小李说:"这就是小蕾吧? 你真有艳福啊,娶了个如花似玉的老婆。听我家大胜说,你结婚那天被幸福冲昏了头,平时滴酒不沾,那天居然喝了半斤酒?"

一听这话,小李糊涂了:什么"结婚那天"? 我什么时候结婚了? 他正要张口问个究竟,阿梅却被和她一起来的同伴叫走了。

小李这下傻眼了:阿梅这几句莫名其妙的话,女友听了怎么会不误会?

他正愁怎么给女友解释,女友开口了,冷冷地问他道:"小蕾是谁?"

小李赶紧诚惶诚恐地回答说:"是我以前的女朋友,我本打算过些日子告诉你的。"

"哼,还是把钱留着给你的小蕾买衣服吧!"女友气愤地说。

"你……你误……会了。"平时能说会道的小李,此刻连话都不会说了。

可是女友哪里相信:"你别骗我了! 家里有老婆,还到外面哄人玩,无耻!"说完,头也不回地走了。

小李这个窝囊啊! 其实,小李以前的确有个女友叫小蕾,可他们早在几个月前就分手了。小李实在想不通:怎么自己一下子居然就和小蕾结婚了? 这不是比窦娥还冤吗?

小李足足发了几分钟呆,这才想起要去找大胜问个明白,这家伙怎么能凭空诬人清白?

小李拨通大胜的手机,找他兴师问罪。

大胜在电话那一头给小李解释说:"兄弟,实在对不住啊! 上个月阿梅给我的烟钱用完了,我就找人写了张请帖,说是你和小蕾结婚,要送人情,不然她怎么会给我'发粮'呢?"

小李一听,火气"腾"地蹿上来了:"单位里又不是只有我没结婚,小马不也是单身吗? 干吗专揽我的好事?"

可大胜听了非但不道歉,反而松了口气:"上帝保佑,幸亏阿梅今天遇到的不是小马! 小马二婚的请帖我昨天刚给她,她还以为我今天是去参加小马的婚礼了呢！唉,谁叫咱们单位人少,我只好找你们几个给自己解解围了。不好意思啊……"

大胜似乎有点为自己想出这个法子来而得意,可是小李却彻底蔫了。

(何如平)

(**题图**:李 加)

高水平演唱

　　胡经理特别喜欢唱歌,求他办事的人知道他这个爱好,每次请他吃过饭后,都要安排去 KTV 唱歌。唱的时候,大家都变着法子夸他唱得好听,时间久了,他不禁就有点飘飘然起来,自我感觉相当不错。

　　这天晚上,有个客户请胡经理吃饭,酒足饭饱之后,照例要请他去高歌一曲。

　　胡经理放开嗓子一展歌喉,先来了一首《在那桃花盛开的地方》,又来了一首《小白杨》。

　　这个客户过去只是听别人说胡经理喜欢唱歌,亲耳聆听这还是第一回,只见他屏住呼吸,一动不动地坐在那里,一副十分陶醉的样子。

　　胡经理心里很得意,嘴巴上却客套地对那客户说:"唱得不好,见笑了,见笑了!"

　　客户赶紧说:"哪里哪里,真是余音绕梁,三日不绝于耳呀!"

　　胡经理听他这么说,高兴得连连摆手:"过奖了,过奖了!"

　　客户说:"我刚才听得都动弹不了,我看您的水平完全应该上电视!真希望刚才您是在演播室里唱啊!"

　　胡经理平时听到的奉承话不少,可对他的演唱水平能给予这么高的评价,倒还真是第一次。

　　回家后,胡经理得意地对老婆说起此事,本想得到几句夸奖,可是老婆却说他:"人家是客气,你那水平我还不知道?要说动弹不得,我也常有这感觉,一是被你吓的,二是不敢动弹,需要全身心地来抵抗你跑调的噪音。"

　　胡经理争辩道:"你别胡说!人家说我都可以上电视了,这难道不是说我唱得好、水平高吗?"

　　老婆指着他的鼻子哈哈大笑,说:"人家当然希望你上电视去唱啊!就你那破锣嗓子,在人家跟前唱,人家受着煎熬却也非听不可。可你如果上电视去唱,不想听的话,一抬手就可以把电视关掉……"

(刘　绩)

(题图:李　加)

有什么就说什么

　　城郊一座旧民宅,最近被市文物部门认定为是清代初期的地主庄园,旧宅里现在住着李老汉一家。

　　旧宅的占地面积不是很大,建筑上也没有什么特别的风格,但是由于这个地区的文化遗产很少,所以区政府对此十分重视,特地要求当地电视台制作一档关于旧宅的专题节目,以扩大影响。

　　电视台派来的主持人很年轻,他对李老汉说:"我们采访你,请你千万不要紧张。"

　　李老汉问:"是有什么说什么吗?"

　　主持人连连点头:"对,有什么就说什么。我们就向你作一个简单访谈,你只要如实回答就行了。"

李老汉松了口气："行,有什么就说什么,这还紧张什么?"

采访进入实拍阶段,李老汉坐在大厅的古旧椅上,憨态可掬地面对着主持人。

主持人轻声慢语地开始提问:"大爷,这座庄园建于什么年代?"

李老汉眨眨眼睛,说:"嘿嘿,你不是知道的吗? 文物部门证实是清代初期啊!"

主持人笑了,觉得这个老汉说话很直爽。

他接着说:"大爷,我看这座庄园保存得很好,你能谈谈是如何保护的吗?"

李老汉点起一支烟,叹了一口气,说:"都是因为没钱呀!"

主持人挺疑惑:"这话怎讲?"

李老汉摇摇头,叹口气,不无遗憾地说:"这不是明摆着的嘛! 要是有钱,我早就拆了旧宅盖新宅了。"

（王　亮）

（**题图**:顾子易）

奇 闻 趣 事

世界之大,故事向来五花八门,无奇不有,越是离谱就越是新鲜,越是稀奇就越是有趣……

找揍

有个猎人进山打猎,一枪没打中狗熊,反而被狗熊摁住了。狗熊说:"我是把你吃了呢,还是揍你一顿?"猎人当然选择被揍一顿,于是就挨了狗熊一顿痛打。

猎人心里很窝火,决定第二天进山找狗熊报仇,可是由于枪法太蹩脚,结果没打中狗熊,反而又被狗熊摁住了。狗熊问他:"我是把你吃了呢,还是揍你一顿?"猎人只好说:"你揍我吧。"于是猎人又被狗熊一顿狠揍,这回伤得不轻。

养好了伤,猎人想想忍不下这口气,就进山找狗熊报仇,可没想还是败在了狗熊手上。没等狗熊开口,猎人就赶紧说:"你揍我一顿吧!"狗熊火了:"你是打猎来的,还是找揍来的?"

(胡爱国)(题图:李　加)

听了老人言

　　有个年轻人,穿村走乡,靠卖帽子为生。

　　一个大热天的下午,他走得有点累了,想打个盹,看到不远处有棵芒果树,枝繁叶茂,阴凉一片,于是就走过去,把装帽子的包往身边一放,躺在树下很快进入了梦乡。可是醒来后发现,放帽子的包还在,里面的帽子却一顶也不见了。

　　忽然,年轻人听到头上有动静,抬头一看,好家伙,只见芒果树上满是上蹿下跳的猴子,他包里的那些帽子竟然都戴在它们头上。年轻人真是又好气又好笑,冲着树上的猴子大声喊叫,意思是让它们把帽子扔下来还给他。那些猴子也冲着他尖叫,可就是不把帽子扔下来。

　　年轻人火了,直朝猴子扮鬼脸,猴子居然也学他的样,朝他扮鬼脸；他朝猴子扔石头，猴子就从树上摘了生芒果，雨点般地朝他砸下来。

年轻人没辙了，气得一把摘下头上的帽子往地上甩。嘿！这下可好，那些猴子竟然学他的样，一个个把头上的帽子给扔了下来。

年轻人乐了，不过没敢笑出声来，拾了帽子赶紧上路。

一晃五十年过去了，年轻人的孙子继承祖业，继续穿村走乡卖帽子。一天，孙子走累了，也在芒果树下呼呼大睡，醒来时也发现，包里的帽子被芒果树上的那些猴子给拿走了。

这时候，孙子想起了爷爷常说起的那个故事，他自言自语道："对，我让它们学我的样，这样就可以马上把所有的帽子都要回来了。"

孙子于是就向猴子挥挥手，猴子果然也向他挥挥手；孙子跳舞，猴子果然也在树上跳起舞来；孙子拽拽自己的耳朵，猴子果然也拽拽自己的耳朵。孙子看着这帮猴子的蠢样儿，心里很得意，于是就把头上的帽子一把甩在了地上……

谁知就在这时，有一只猴子闪电般地从树上扑下来，一把就把孙子扔在地上的帽子抢走了。随后它飞快地蹿上芒果树，冲着气急败坏的孙子做鬼脸，那意思是说："笨蛋，你以为只有你有爷爷吗？"

（梅落笛）

（题图：箭　中）

啥叫聪明

　　父亲叫兄弟三个去挖菜窖,此时正是三伏天,烈日当空,才挖一会儿,老二、老三就汗流浃背了。

　　兄弟俩回头一看,见老大在树阴底下睡觉,心里很生气:凭什么咱们干活,他却可以在那里睡大觉?

　　老二走过去,质问老大:"你凭什么可以不干活?"

　　老大睁开眼睛,懒洋洋地扫了老二一眼,说:"凭什么?就凭我比你们聪明。"

　　老二很不服气:"我们哪里比不过你了?"

　　老大鼻子里"哼"了一声,说:"你不服?那我们来试试。"他说着站起身来,举起右手贴在树干上,对老二说,"你来打我这只手试试。"

老二想也没想,抬手就打了上去。可是他的手只打在树干上,老大早已经抢在他落手之前,把自己的手抽了回去。

老二痛得龇牙咧嘴,老大得意洋洋地看着他,说:"怎么样,这就是我比你聪明的地方。"

老二没话说,灰溜溜地回到老三那里。

老三问他:"怎么样,他都说什么了?"

老二揉着手说:"他说他聪明,而咱们没有。"

老三很不服气:"凭什么他有咱们就没有?你说,这'聪明'到底是啥东西呀?"

"这不是说说就能明白的,"老二说,"这样吧,我来给你演示一下。"他四下里看看,没有树呀,于是便把右手贴在自己脸上,叫老三来打,就在老三的手要打过来的时候,他学着刚才老大的样子,突然把自己的手一抽。

"啊!"只听老二一声惨叫,其结果当然可想而知,老二的脸立刻肿得比南瓜还大。

（泰　安）

（题图:李　加）

被美女拒绝

　　一辆装满母鸡的运货车在公路上行驶,驾驶室里只有一个司机和他的宠物鹦鹉。

　　突然,司机发现路边有一个美女在向他招手,于是立刻高兴地把车停下来,打开车门,让美女上车。为了能和美女单独相处,司机又把鹦鹉放到后面车厢里去,让它和母鸡们呆在一起。

　　车子开了一会儿,司机试探着问:"美女,亲一下行吗?"

　　美女的脸"唰"一下就红了,害羞地说:"不行。"

　　司机不气馁,又问:"美女,抱一下行吗?"

　　美女紧张得连连摇头,当然说"不行"了。

　　司机生气了,说:"不行就下去!"说着,他把车停下来,把美女赶下了车。

车开出没多会儿,司机越想越觉得自己这样对待美女很不绅士,于是就把车开回去,请美女上车。可美女上车后,司机忍不住又要想亲亲她,抱抱她,遭到美女拒绝后,司机又把美女赶下了车。

这样一连折腾了三次,司机不觉之中已经把车开到了目的地。

没想下车以后,司机发现,后面车厢里几乎空了,除了他那只宠物鹦鹉,原本满满一车厢的鸡,只剩下了几只。

司机惊讶不已。

这时候,只见他的宠物鹦鹉拎起一只母鸡问:"美女,亲一下行吗?"

那只母鸡拼命摇头。

鹦鹉又问:"美女,抱一下行吗?"

那只母鸡还是拼命摇头。

于是鹦鹉说:"不行就下去!"说着,把那只母鸡扔下了车。

(李 琴 供稿)

(**题图**:李 加)

你说奇怪不奇怪

四个老人常常约了一起打牌。

这天下午,他们打了几局之后,决定休息一下,于是一个去了洗手间,其他三个就闲扯起来。

一个老人说:"我那个儿子啊,是做珠宝生意的,可前一阵子不知道发什么疯,竟然送了个大钻戒给他朋友,要二万多块呢,真是受不了他啊⋯⋯"老人好像是在说儿子,可这口气,不分明是在炫耀嘛!

另一个老人于是也不甘示弱,说:"你才不过是个钻戒!可我那儿子啊,在汽车公司当经理,前一阵子也是不知道发什么癫,送了一部凯迪拉克轿车给他朋友,这得花多少钱?你们说,他不是败家子是什么?"

第三个老人听他们俩这么炫耀,坐不住了,赶紧开口道:"你们这算什么? 我那个不成才的儿子啊,是搞房地产的,明明现在房产市场不景气,可他竟然还送了一栋别墅给他朋友。唉,这日子真是没法过了……"

三个老人正互相炫耀得热闹,去洗手间的那个老人回来了,三个老人知道他儿子是同性恋者,所以赶紧闭口。

可第四个老人却偏偏盯着他们仨问:"你们刚才在聊什么啊?"

三个老人觉得不说不好,可说了又怕触老人的心,只好吞吞吐吐道:"聊……聊儿子……"

这老人一听聊儿子,不由叹了口气,说:"唉……我的儿子啊,别提了! 不过,前一阵子不知道他走了什么狗屎运,有个朋友送他一个大钻戒,又有一个朋友送他一部凯迪拉克轿车,还有一个朋友更是不得了,竟送了一栋别墅给他。你们说,这事儿奇不奇怪啊……"

(高文彦)

(题图:李　加)

年轻二十岁

　　老冯一个人在酒馆里一口气喝了五瓶二锅头,心里还是堵得慌。为什么? 昨天老同学聚会,人家老婆个个年轻漂亮,相比之下自己老婆又老又丑,实在上不了场面。

　　老冯心里正闷闷不乐着,这时候,突然从他喝过的空酒瓶里跳出一个两寸高的小矮人来。

　　老冯吓了一大跳,结结巴巴地问:"你⋯⋯你是什么东西?"

　　小矮人笑着摇摇头,说:"我不是东西,我是小酒神,因为喝酒误了事,玉帝罚我三天不准喝酒,可我酒瘾上来了实在难受,所以刚才在你这里偷喝了一点。不过,我不会白喝你的酒,说吧,我可以满足你一个愿望。"

　　"真的?"老冯来精神了,趁机开口说,"那⋯⋯你能不能把我老婆变漂亮一点?"

"没问题。"小酒神"叽叽咕咕"念了一番咒语,朝老冯扮了个鬼脸,"你赶紧回家去看看吧!"说完,就钻进酒瓶不见了。

老冯将信将疑地回家,一看,老婆果然变得艳若桃花。他心里后悔得要死:如果和同学聚会前老婆就变成这样,那该多好!

过了一些时日,老同学又要聚会了,老冯嫌老婆脸蛋是比以前漂亮多了,可还是老了点,他脑子一动,就又去了上回那家酒馆,一口气要了十瓶二锅头,瓶瓶开着盖子,等小酒神来喝。

大概是他的诚意感动了小酒神,小酒神终于来了,而且好像猜透了老冯的心思,对他说:"我现在不缺酒喝,所以以后也不会再来了,这是最后一次。你想清楚,你希望你老婆比你年轻几岁?"

老冯心里琢磨开了:老婆和自己同年,今年已经四十整了。到底年轻几岁好呢? 五岁? 太少了;十岁? 还是少;二十岁差不多吧,不能再小了,再小老婆就成闺女了。

老冯开口说:"就二十吧!"

小酒神于是就"叽叽咕咕"地念了一番咒语,然后和老冯告别了。

老冯兴冲冲走出酒馆去理发店,准备好好把自己也打扮一下,明天夫妻双双给老同学们一个全新的印象。谁知他踏进理发店,往镜子前一坐,差点晕过去:镜子里,自己成了一个满脸皱纹的六十岁老头。

(阿 辞)

(**题图**:李 加)

生物学家的奇遇

小王是一位生物学家，专门研究基因工程。

一天，他突发奇想：要是把猫和狗的基因复合在一起，制造出一只"猫狗"来，那样的话，它就既能像猫一样捉老鼠，又能像狗一样看家护院，这样的猫狗肯定会大受欢迎，自己岂不也能从中赚上一笔？

小王说干就干，马上付诸行动。经过一段时间的辛勤开发，他家的母猫果真顺利地产下了一只猫狗，取名"多多"。接下来的几个月里，小王完全把心思放到了多多身上，简直比照顾自己生病的老娘还要细心。

转眼间，多多渐渐长大，该开口叫了。按理说，多多应该是精通猫和狗两种动物的语言，可它却像个哑巴似的，一天到晚一声不吭。

这一天,小王突然觉得屋里有蚊子"嗡嗡嗡"的声音,他竖起耳朵细细一听,发现这声音好像是从多多窝里传过来的,于是立刻跑过去看。

一看,他被眼前一幕惊呆了:天哪!多多正张牙舞爪的,嘴巴里发出一阵阵"嗡嗡嗡"的叫声。小王很奇怪:猫和狗的基因,怎么会弄出蚊子的叫声?

他百思不得其解,只好抱着多多去见他以前的导师。

导师详细询问了小王复制多多的每一个环节,思索片刻,哈哈大笑起来:"小王啊小王,这么多年了,你怎么粗心的毛病还没有改掉哪?你肯定是在培养基因的时候,忘了把器皿盖子密封上了吧? 这不,蚊子进去了!"

（周　磊）

（**题图:**李　加）

现代高科技

　　一个美国人、一个日本人和一个土著人,在一起洗温泉浴。突然,美国人的手臂响了,美国人按了一下手臂,铃声戛然而止,土著人很惊奇。美国人得意地说:"这是我们的新科技,只要在手臂里植入一块芯片,就可以当传呼机。"他话音刚落,日本人的手掌响了,日本人于是就对着手掌"咕噜咕噜"说了起来,土著人更惊奇了。日本人得意地说:"这是我们的最新科技,在手掌里植入芯片,手掌就可以当手机使了。"土著人听了没应声,只说要去上厕所。过了一会儿,他回来了,屁股里夹着半张卫生纸,美国人和日本人嘲笑道:"那是什么?"土著人大大咧咧地说:"哦,没什么,有个传真刚过来。"

(姜文华　供稿)(题图:李　加)

我要喝鱼汤

　　汤姆因胳膊骨折住进医院。

　　刚躺到病床上，一位穿白大褂的护工就走进病房来，对大家说："各位先生，医院餐厅每天给诸位病友提供新鲜鱼汤，有需要者请提前预订。"

　　他见汤姆是新进来的，就特地跑到他床前，先看了看他床头的病员登记卡，然后关切地说："这位先生，您来一份吧？"

　　汤姆抱歉地朝他摇摇头，说："对不起，先生，我不爱闻鱼腥味儿。"

　　"是心疼钱吧？"那护工开导汤姆说，"这卡上写着，您马上就要手术了，需要大量补充营养，喝鱼汤有利于您恢复健康啊！"

　　尽管对方再三动员，可汤姆始终不为所动，邻床的一位病友和汤姆一样,也说因为不爱闻鱼腥味儿而拒绝订鱼汤。

护工有些生气了,指着他们俩说:"全病房就你们两个最需要补充营养,可你们就是死心疼这几个小钱,真不明白你们是怎么想的,难道还非得让主治医生来亲自命令才行吗?"

第二天,邻床那位病人因为病情变化需要转病区治疗,下午就被抬走了。正好这时候汤姆去做 X 光检查,不在病房里,等他回来,听说邻床突然被抬走,吓得脸都白了,心里胡乱猜想着:难道邻床是因为没有订鱼汤而遭受惩罚了吗?

晚上,胆小的汤姆躺在病床上翻来覆去睡不着,他索性下床走出病房,想到大楼下面的花园里去走走,散散心。就在下楼的时候,他看到有几个护工正推着一个滑轮床急匆匆朝抢救室跑,他忽然发现,那个躺在滑轮床上的人,竟就是那个邻床,于是赶紧跟了上去。

经过灌肠清洗等一系列抢救措施,那个邻床终于脱离了危险。汤姆隔着玻璃目睹了整个抢救过程,回到病房,他主动去找那个护工,苦苦哀求道:"我……我要喝鱼汤,你赶快给我登记喝鱼汤……"

后来,汤姆出院的时候,亲友们问他住院有什么感受,汤姆哭笑不得地说:"这医院治疗水平没话说,可就是硬逼着非让人喝鱼汤不好。如果不喝,他们晚上就给你灌肠……谁受得了?"

(申之珉)

(题图:王 俭)

游戏斗趣

游戏的目的,就是在你来我往中大伙儿找乐子,要不怎么会有"逗你玩儿"这么一说呢?

知心恋人

阿丽和阿康是一对恋人。

前不久,阿丽告诉阿康,她的父母反对他们的婚事,她百般抗争无效,决定以死殉情。

阿康一听,发誓要陪她一起去死。

今天晚上,他们就要付诸行动了。

月光下,两个人来到事先选好的一堵砖墙旁,紧紧拥抱,热烈接吻,做最后的诀别:"不求同年同月同日生,但求同年同月同日死。今世无缘做夫妻,来生再结并蒂莲。"

然后,他们分别走向砖墙的两侧。按事先准备了的,阿康拿出一条绳索,扔过墙头,他和阿丽只要同时把头套进两端的绳套,蹬掉脚下的砖头,他们就可以同时吊死在一根绳上了。

可是,阿丽在墙这边接过绳子,心里却偷偷乐开了。为啥?原来阿丽已经移情别恋,另有如意郎君,她担心甩不掉昔日恋人阿康,才故意找下父母反对的借口,想趁这个机会除掉阿康。

阿丽悄悄搬起一块石头系在绳套上,等着阿康在砖墙那边喊"一二三"。只要阿康一喊,她就松手,她已经在肚子里打好了主意:就让这块石头做自己的替死鬼去吧!

果然,阿康在砖墙那边喊起来:"一、二、三!"阿丽于是赶紧松手……

十分钟后,阿丽见砖墙那边没动静了,就悄悄移动脚步走了过去,她想看看阿康死了没有。不料就在探出脑袋的一刹那,对面也伸出了一个毛茸茸的脑袋来。

阿丽差点没吓昏过去,定睛一看,没想这人竟是阿康。她再看绳子那端,竟系着一只生锈的铁哑铃。

两个人尴尬了三秒钟,不约而同地相视一笑,异口同声地说:"咱俩真不愧是知心恋人啊!"

原来,阿康也已另有新欢。

(齐运喜　改　编)

(题图:李　加)

司务长跑障碍

　　这天,上级部门来某独立营一连考核全体官兵的军体素质,先考四百米障碍跑。

　　战士们很快考完了,接着是干部上场。

　　连长和指导员不负众望,顺利通过。

　　轮到体态肥胖的司务长登台亮相时,只见司务长趴在起跑线上,脸上血色全无,不停地做着深呼吸。看得出,他心里发虚。

　　战士们顿时起哄起来,有个四川籍老兵口无遮拦地戏说道:"平时不和咱们一起训练,今天就等着出洋相吧!"

　　这话被司务长听到了,狠狠瞪了他一眼。

　　这时候,只听考官一声令下,司务长风风火火地跑了起来。乍看上去,他异常骁勇,可好景不长,跑下第一个一百米后,就已累得气喘吁吁。

前面还有三百米的障碍物,战士们不禁为司务长捏了一把汗。

开始过障碍了,只见司务长小心翼翼地踏过水泥桩,跃过深坑,跳过矮板墙,突然收住了脚步。前方耸立着一块高板墙,只见司务长后退两步,猛地向上一跃,用双手勾住,然后一点一点向上挪动身体。

"加油!加油!"战士们全都扯开了嗓门。在不绝于耳的助威声中,司务长猛喝一声,蹿上了高板障,不等站稳,就又跨下水泥台,向又窄又长的独木桥奔去。

好容易挪着碎步走完独木桥,前面一方厚实的高板墙又堵住了去路。第一次努力失败,司务长又发起第二次冲锋,可惜又失败了。第三次,司务长没再"重蹈覆辙",而是绕开高板墙向前跑。前方,是一片密密麻麻的铁丝网,他卧倒,用并不熟练的爬行姿势硬着头皮闯过了这第二个一百米中的最后一道障碍。

接着,司务长准备冲刺第三个一百米了!只见他高抬腿跨过铁丝网,高板墙再次矗立在他面前。这次,司务长总算爬了上去,可能是太累了,他骑在高板墙上足足有十来秒钟,战士们不断地为他喊"加油",这才把他从"坐骑"上催下来。

下了高板墙,司务长不敢耽搁太久,钻过独木桥下的三个桥洞,进而攀水泥台,上高板墙,钻矮板墙上的四方窟窿,最后来到一个深达二米多的凹坑前。他犹豫了一番,跳了下去,可五秒钟过去了,十秒钟过去了,无论大伙怎么呐喊助威,就是不见他从坑里探出头来。

眼看就要前功尽弃,距深坑不远的那位四川籍老兵急了,趁站在远处的监考员走神的当儿,他猫着腰跑过去,"噌"的一声滑进坑里。司务长此时正在那儿发愁哩,见本连"武状元"从天而降,大喜过望,正要开口说什么,不想这位武状元抢先开口道:

"晚上加不加餐？"

"加餐！加餐！"司务长拉着武状元的手连连点头。

"那好，"武状元说，"你踩着我的背，上！"

……司务长终于在地平线上出现了！出了深坑，他跌跌撞撞地跑过五步桩，向着最后一个一百米冲去。当他艰难地完成最后一步时，全场欢声雷动。

当晚，全连会餐。

（杨　震）

（**题图**：李　加）

人家干啥咱干啥

　　四眼的老婆挺能跟样,常挂在嘴边的一句话就是:"人家干啥咱干啥。"

　　这一阵,她看对门人家的男主人天天去菜场买菜,于是便闹着要四眼也学学样。四眼向来"妻管严",买就买呗,于是每天下班后便拐到菜市场,拎了一篮子的菜蔬果瓜、鸡蛋鱼虾回来。

　　这天,四眼买了菜回家,手里的菜篮子还没放下,老婆就急着盘问起菜价来。四眼朝她眨巴着眼睛:莫非又要出新花样了?

　　果然,老婆是嫌他菜买贵了:"你看对门,人家买的虾个大货鲜,一斤还比你便宜五毛。黄瓜人家买六毛,你咋买八毛?嫌钱扎手急着扔了是不是?"

　　连着几天,老婆天天与对门比菜价,比来比去的越比脸拉得越长。四眼心里着急,得想法子让老婆的脸"阴转多云"呀!想来想去,到底被他想出了办法。

这天下班,四眼在菜市口躲着,见对门那男的过来了,就悄悄跟了上去。男的买什么,他也买什么;男的买什么价,四眼就盯着这个价。

回家后,四眼洋洋得意地把盯来的菜价报给老婆,满以为老婆今天无话可说了吧,可万万没想到还是被她数落了一番,硬说价钱没人家买的便宜,东西也没人家的好。

这怎么可能呢?四眼当然想不明白了,可又不敢说出自己跟踪人家的事。于是第二天下班,他又在菜市口等着,见人家过来了,硬着头皮上去讨教。

谁知人家竟摸着脑袋不好意思地笑了,讪讪地说:"不瞒你说,我是每次回去故意把价报低了的。过日子嘛,一家人不就图个和和气气?老婆高兴了,家里的日子才有滋味嘛!"

原来如此啊!四眼这才恍然大悟,只是感慨以后得把自己的"外快"钱贴进菜价里去了。不过他脑子转得快,当下索性与对门男的约定,以后怎么给自个儿的菜篮子定价,于是两个人便都有了各自回去向自己老婆表现的机会。

哈哈,这招还真顶事儿,没到一个月,四眼就从老婆那里得到了一条"阿诗玛"烟的奖赏。据说,对门的"回报"也不错,奖励的那瓶酒价格绝不在阿诗玛之下。

(吴庆安)

(**题图**:李　加)

美食家斗法

　　别看阿山今年才25岁,可他天生就是个美食家,尤其擅长品鸭,蒸、焖、炸、炒、熘、卤,无论你用哪种法子烹饪,他都能说得头头是道。

　　阿山隔壁住着一户陈姓人家,陈家的女儿小珠是城里出名的美人儿,阿山早就在打小珠的主意了。有一天,阿山对陈家主人陈清说:"大爷,随便你怎么考我,我要是输了,我就永远离开这里;我要是赢了,你就把小珠嫁给我。怎么样?"

　　陈清知道女儿小珠不怎么喜欢阿山,可阿山有本事啊,女儿嫁这样的男人有什么不好? 于是就点头答应了。第二天,他把阿山叫到家里,亲手做了两只香喷喷的烤鸭,要阿山说出这两只烤鸭有什么不同。

　　阿山分别在两只烤鸭身上撕下两块肉,尝了尝,咂咂嘴说:"左边这只是公鸭,右边这只是母鸭。"

　　陈清点点头,又问:"还有呢?"

　　阿山说:"左边的公鸭是在田野里放养的,右边的母鸭是饲养场里喂养的。"

　　陈清见阿山果然厉害,正要认输,小珠来了。

　　小珠对阿山一笑,说:"这么容易就想把我娶走?"

　　阿山很得意:"你不服啊?"

　　小珠说:"我想再考考你,还是考有关鸭子的。"

　　阿山乐了:"好啊。说个时间吧!"

　　小珠说:"那就三天后,还在我们家!"

　　这三天可把阿山急死了,他单等着赢了好把漂亮的小珠娶回家呢。为了做到万无一失,他这三天可没闲着,每天不是琢磨各地鸭子的特点,就是寻思各种调料的运用。

　　到了第四天,一大早,阿山就踏进了陈家的门。小珠也不啰唆,去厨房里忙了半个小时,端出一盆清炖鸭汤,嗬,那色,那味,那叫美!

　　阿山用勺子舀了半勺汤,只一尝,就肯定地说:"你少放了鸭心,所以这汤的味道还差了点儿。"

　　小珠点点头,第二次进厨房,半小时后,她又端来一盆清炖鸭汤。

　　阿山一尝,说:"这次你少放了鸭肠,味道还是差了点儿。"

　　小珠无奈地摇摇头,又去厨房。

　　待第三盆鸭汤端出来,阿山还是评价不高:"你这回少放了鸭血。"

　　小珠皱眉想了想,又要进厨房。

　　阿山忍不住了,说:"我可不能让你一直这样考下去,我给你最后一次机会,这回我如果说对了,你可要守约嫁给我?"

　　小珠点点头,过了大约二十分钟,她从厨房里端出来第四盆鸭汤。

　　阿山用勺子一舀,得意地对小珠说:"这次怎么炖的时间短了? 是不是打算认输了?"

　　小珠冲他一笑:"你还是品过味儿来再说吧!"

　　阿山于是就舀了一勺汤,放进嘴里品味儿。

　　这一品,他不由皱起了眉头:这汤除了原有的鸭香味,还有一股他从来没有尝到过的特别味道。阿山吃不准,就又舀了一勺放进嘴里,可尝了尝,还是吃不准这是什么味儿。阿山的脸上开始冒汗了,他不停地喝,不停地尝,不知不觉,一盆汤让他喝了一半多,一只窝脖儿清蒸鸭已经露出了大半个,可他还是没尝出来小珠在这鸭汤里到底少放或者多放了什么。

　　阿山觉得很不好意思,他对小珠说:"我恐怕……要吃一点肉才能……"

　　小珠看他这副狼狈样,"咯咯"地笑着,说:"你吃吧,随你吃多少都行!"

　　阿山于是就用筷子在鸭背部夹了一块肉,放到嘴里细细嚼。这下他觉得嘴里鸭肉的香味是浓了,但那股从来没有尝到过的特别味道也更浓了,最后阿山还是没尝出个结果来。

　　阿山不免有点尴尬,对小珠说:"我想在鸭胸脯上再尝最后一块肉,要是说不准,我就认输。"

　　小珠笑着说:"行,随便你尝哪里都可以。"

　　阿山于是干脆把筷子一丢,一只手把住鸭背儿,一只手把清蒸鸭来了个肚子朝天。他刚想在鸭胸脯上撕一块肉下来,定睛一看,不由一愣,紧接着胃里就是一阵翻江倒海:"天哪,这鸭根本就没有开过膛啊!"

(许铭君)

(题图:李　加)

饮料真好喝

　　夏天的一个中午，天气最热的时候，有一个饮料摊子前围了一堆人，人群中央有两个十七八岁的漂亮女孩，正互相对骂着。

　　其中一个女孩捏着粉嫩的小拳头，在对方眼前晃来晃去，动作犹如"泰森"一般，嘴里还喊道："你这不要脸的货，你以为我不敢打你啊？"

　　另一个女孩双手叉腰，两腿叉开，活像一个"圆规"，嘴里也不依不饶地喝道："你打啊，你打啊，有种你就打老娘一下！"

　　旁边那些好事者听了半天，终于听出一些门道来了。原来是"泰森"的男朋友被"圆规"抢走了，今天她们是狭路相逢，要把事情说说清楚。

　　辣辣的太阳下，一场"武打片"正要"开演"，不料半路上杀出个程咬金。谁啊？原来是卖饮料的老太婆。

她颤巍巍地走过来，朝泰森和圆规中间一站，说："两个女娃啊，你们要抢男人到别处抢去，这里是我的饮料摊子，被你们这么一吵，我就没生意了！"

泰森正吵得香汗淋漓，听到这话，似乎才意识到三伏天吵了半天也口干舌燥了，于是说："来，我买你一杯可乐，喝完了再揍她！"

圆规显然也不是个软柿子，大声吼道："我也来一杯可乐，今天姑奶奶奉陪到底了！"

在场的人"轰"地一声全笑开了：今天有好戏看了。

也就是这时，他们突然都觉得渴了，于是一个个都掏出钱来买饮料喝，一边喝一边盯着两个女孩看，都想看看到底会是谁先拔出第一拳。

一个大肚子男人在一旁坏笑："嘿嘿，要是把衣服撕破了才好玩呢……嗯，是渴了，这可乐不错，再来一杯。"

卖饮料的老太婆这下可笑开了花："天热，你们慢慢喝。"

饮料喝罢，人群中便骚动起来。只听有人嚷嚷："打啊！夺夫之仇不能不报啊！""是啊，爱情是世界上最宝贵的，怎么能相让呢？""妹妹你大胆地往前走啊！"

这帮人的起哄无异于火上浇油，对峙了老半天的两个女孩终于忍不住了，只见泰森突然抬起脚要朝圆规苗条的腰肢上踢，圆规的纤纤小手也猛地抬了起来，要扇向泰森漂亮的脸蛋。虽是对峙的双方，可两个人的动作看上去都无比优美，赏心悦目！

"哇！"人群里就像两滴水滴进了热油锅，简直要炸开了！

就在这时，"住手！"一声很有威严的断喝突然响起来，泰森和圆规仿佛被施了"定身法"一般，手脚都僵在了半空。只见一个很帅的男孩从人群外挤进来，站在她们两个的中间。泰森和圆规立刻小鸟依人般地挽起那男孩的手，千娇百媚成了乖乖女。

人们一时间醋意大发,刚才喝进去的饮料顿时都成了山西老醋。

男孩子说话了,声音很有磁性:"阿雯,阿莲,其实……其实你们都误会了,我一直都把你们当作我的好妹妹……并不是那种男女的感情……我们找个地方,好好和解吧……"他边说边就拉着两个女孩的手挤出了人圈。

围观的人们好不失望,只好不无遗憾地散伙回家。

当天晚上,饮料摊旁的小饭店里,坐着四个人:卖饮料的老太婆,准备打架的泰森和圆规,还有就是那位帅哥。他们谈笑风生,频频举杯。

只听那位帅哥有些遗憾地对老太婆说:"奶奶,今天你饮料备得太少,要不然还可以卖掉更多。"

"是呀,是呀,饮料真好喝……"泰森和圆规一起附和道。

(喻　亮)

(题图:李　加)

搞笑餐馆

一伙朋友到一家不起眼的小餐馆吃宵夜,却没料到经历了一次大欢喜。

他们刚走到门口,一男一女两个服务员就扯起嗓门大吼:"英雄四位,雅座伺候!"

一伙朋友刚坐下,服务员就过来了。

朋友中的一个说:"先来一个'卤汁猪脑壳'。"

只见那服务员转身就对着厨房喊:"来一个'帅哥'!"

朋友们听得一头雾水:猪脑壳怎么成了"帅哥"?

另一个朋友对服务员说:"再给我们来半斤'猪拱嘴'。"

服务员又立即转身朝厨房喊起来:"来半斤'相亲相爱'!"

服务员喊声刚落,满堂人都哄笑起来。

在这家餐馆里,不但菜肴有搞笑名称,就连那些蘸料和酒类,都有另类叫法。醋是"忘情水",啤酒等于"梦醒时分",白酒就是"留一半清醒一半醉"。

服务员见客人对这些很感兴趣,便起劲地介绍说:"这些名称都是我们老板给取的,他说取名字要有文化。"

于是,朋友们便提出,要见见这位"文化老板"。

服务员四下里一瞧,冲着一位中年汉子喊道:"首长!请首长面见四位英雄!"

"哈哈哈……"又是一阵满堂哄笑。

文化老板应声跑过来,满脸堆着笑,听服务员如此这般一说,干脆把全部菜名都抖了出来:"辣椒炒猪嘴"成了"火辣辣的吻";"凉拌西红柿"再撒上些许白糖,就变成了"火山下大雪";"清炒莴笋丁"俨然是"星星点灯";至于"海带炖猪蹄",居然被文化老板想出一个充满了诗意的名字,"穿过你的黑发我的手"。

文化老板每介绍一个菜名,都会引来众顾客一阵开怀大笑。

文化老板见大家的兴致这么高,心里可得意了,一开心,便吩咐服务员:"免费给每桌英雄送一份'迟来的爱'。"

朋友们都好奇地等着这"迟来的爱"是什么东西,结果当服务员端上来一看,笑得更厉害了,原来就是一碟普通的泡菜!

最后,一伙朋友吃完,让服务员拿几根牙签来。

文化老板听到了,随口就溜出一声:"给英雄上几根'拗门'。"

众人一听,又是一阵捧腹大笑。

(丹　丹)

(题图:刘斌昆)

愚人节快乐

　　大牛平时爱捉弄人,这天是愚人节,他怕被别人捉弄,提醒自己要特别谨慎。

　　一到单位,同事小惠就敲敲大牛的桌子,显得有些神秘地说:"大牛哥,今天下班后去蜀香苑吃饭,到时有惊喜呢!"

　　大牛笑着答道:"好啊,好啊!"他嘴上答应,心里却在想:这种儿科级的小把戏就想把我大牛骗住? 我才不会上当呢,哥哥我肯定不去。

　　"大牛哥,你一定要来哦!"小惠又甜甜地对他说。

　　大牛一看,小惠今天打扮得真漂亮,要是真的有饭吃,自己不去,岂不是丢了一个接近美眉的大好机会? 可要是去了,万一是假的,岂不丢面子……

就这样,大牛在激烈的思想斗争中挨到了下班。他见同事们果然互相招呼着去蜀香苑吃饭,不由有点心动了。不过大牛还是很谨慎,故意拉了两个同事磨磨蹭蹭最后去,等他们到包厢的时候,已经有几个同事在那里了,大牛这才放下心来。

可是,没等大牛的屁股挨到板凳,包厢里的灯突然全熄了。

"怎么了?怎么了?"大牛惊叫起来。

就在这时,从外面推进来一个点满蜡烛的三层大蛋糕,同事们立刻不约而同地唱起生日歌来。

大牛一愣:"今天谁生日?怎么不和我说一声,我也好准备礼物啊!"

"你生日啊!"大伙儿齐声对大牛说,然后就纷纷把自己带来的礼物朝大牛怀里塞。

"这,这……"大牛懵了,因为今天根本不是他的生日,这帮人肯定在搞什么鬼。可一看到手里这些包装精美的礼物,大牛乐得将错就错:"那……我就不客气啦!"

大伙点了一桌子菜,还一定要小惠挨着大牛坐,把大牛乐得有点轻飘飘了。

酒足饭饱,玩笑也开够了,大伙于是就站起身来准备离席。走的时候,他们拍拍大牛的肩膀说:"寿星啊,谢谢你请我们吃这顿生日宴!"

服务员于是就理所当然地走到大牛跟前,要跟他结账。

完了!大牛这回被这帮同事们整惨了。一结账,好家伙,整整吃了一千八!

刷卡的时候,大牛的手都抖了,心里只剩下后悔:以前老去捉弄别人,现在终于尝到被人家捉弄的滋味了。

回到家,大牛坐在沙发上,看着同事们送的一堆礼物,不断地安慰自己,也算没白请客。

他挑出小惠送的那份,拆开来看,呀,里面只有一张卡片,上面写着:大牛哥,愚人节快乐! 生日快乐! 小惠敬上。

"快乐个屁! 一群歹人!"大牛生气地把盒子往地上使劲一甩。

这一甩不打紧,竟然从盒子里飘出一张百元大票。大牛揉揉眼睛,捡起来定神看,没错,是真的! 他于是赶紧去拆别的礼盒子。

原来每只盒子里都有一张卡片,卡片底下都压着一百块钱。加起来一数,刚好一千七。

原来是凑份子吃饭啊,真是虚惊一场!

(二 丫)

(**题图:**李 加)

到底谁狠

小区里有两家火锅店,一家叫"天天富",一家叫"红满堂"。由于门对门,所以竞争特别激烈。

上个月,天天富老板将店铺重新装修了一番,又在店门口挂出一个醒目的告示牌,上面写着:本店啤酒一块钱一瓶。这一来,天天富的上座率便远远超过了红满堂。

生意大跌,红满堂老板坐不住了,一咬牙宣布:"来本店用餐的客人,啤酒免费喝。"这一招果然也厉害,红满堂的生意转眼就红火起来。

天天富老板招架不住了,正发愁呢,伙计小李替他想了一个妙招。

只见第二天红满堂刚开店门,就走进来三位客人。初看他们与一般客人并无差别,所以当时红满堂老板并没在意,但是个把小时过后,老板的脸色就不对了。为啥,因为这三个人几乎没点什么菜,就是不停地喝啤酒,不一会儿就喝掉了两箱。而且令人称奇的是,他们喝了还不上厕所。

红满堂的啤酒虽然是免费喝的,可经不起顾客这么来呀,老板只好小心翼翼地上去给他们打招呼:"三位先生好酒量!不过……鄙店毕竟是小本经营……"

谁知老板话还没说完,三人中领头的一个就拉开大嗓门吼起来:"没这个谱,你干吗要做这个规定?"

另两个也嚷嚷道:"我们才刚开始喝,你就受不了啦?知道我们三个的绰号叫什么吗?告诉你,不把这个规定撤了,明天夏大哥就来了!"

老板战战兢兢地问:"三位绰号是?"

领头的一撇嘴:"刘三盆,王二桶,张一缸。"

"那夏大哥夏先生……"

三人齐呼:"下(夏)水道!"

（蔡杰青）

（题图:麦荣邦）

两道智力题

　　小雅的姨妈给小雅介绍了一个男朋友，名字叫高明。见过一面后，小雅感觉不太满意，原因是那小子太能吹牛。

　　回到家，母亲问小雅对高明印象如何，小雅摇头说："不合意。"

　　母亲就劝她道："这可是姨妈费好大劲儿才为你选来的，你别先一棒子把人家打死，慢慢谈着找感觉嘛！"

　　小雅是个乖女孩，在母亲面前一向百依百顺，但对于自己的终身大事，她不想听母亲摆布，可又不想与母亲公开对抗。不过她觉得母亲的话不是一点没有道理，于是就又与高明接触了两次，可总觉得难以接受对方。

　　周末那天，母亲对小雅说："你们已经见过三次面了，今晚你把他带回家来,让我也见见。"

于是那晚,高明就成了小雅家里的座上客。也许是头一次来吧,高明多少有些拘谨,他并没有怎么放开说话,母亲看了挺满意。

后来,母亲故意去阳台上摆弄她那几盆花,留下女儿和高明在客厅里继续交谈。

聊了几句,小雅说:"高明,我出两道智力题考考你,咋样?"

高明说:"不是吹牛,还没有什么难题难倒过我呢!"

"那好,"小雅说,"我这两道题并不难,主要看你反应快不快。说一个女孩,家里有爸爸、妈妈和奶奶,这天女孩扫地时,发现屋角有条金项链,猜猜看,项链是女孩什么人的?"

"她妈的!"高明大声抢着说。

"谁的?"小雅轻声问了一句。

"她妈的!"高明重复了一遍。

小雅点点头,接着又出了第二道题:"第二天,女孩又在地上拾到一只铜耳环,你说,是谁的?"

"她奶奶的!"

"再说一遍!"

"她奶奶的! 真是她奶奶的!"高明肯定地回答。

小雅笑了,说:"好,我的考试到此结束。"

送走高明,小雅狡黠地看着母亲,问道:"妈,你看高明咋样?"

母亲叹口气,直摇头,说:"这小伙子,我开始看他挺不错,人长得帅,举止也文雅,可话说多了咋粗话就出来了? 雅儿,你要是不满意,我看干脆就别和他谈了,妈不勉强你。"

(吴　港)

(题图:李　加)

也不看看我是谁

票贩子刘二娃在车站里四处寻找"猎物",他看见三个背着背包的人正在焦急地四下张望,就凑过去小声问:"哥儿几个到哪里?要票吗?"

三个人赶紧回答:"我们去成都。你有票?多少钱一张?"

刘二娃咧开嘴道:"我手头正好有三张去成都的余票,每张就加收你们二百块手续费吧!"

这三个人虽然觉得每张票加二百块钱太贵,可眼看着要过年了,再等下去怕是票价越来越贵:"算了,就当家里杀的猪让贼偷了。"于是就把票买了下来。

刘二娃转眼就赚了六百块,高兴得嘴都合不拢了:"孙悟空还想逃得过如来佛的手心?嘿嘿,也不看看我是谁!"

突然，"啪"地一声有人拍他的肩膀，刘二娃回头一看，吓得牙齿"格格"直响："黑……黑哥！"

黑哥是个"地头蛇"，他一把抓过刘二娃刚刚到手的钱，朝他吼道："知道这是谁的地盘吗？浑小子，也不看看我是谁！"

黑哥正得意呢，猛地也被一个人喝住了。谁？车站派出所的张警官。

张警官朝他鼻子一哼："走吧，跟我到派出所去一趟！"

得，这钱还没在兜里焐热，就又得掏出来了。

张警官朝黑哥冷笑一声："哪个坏家伙能逃得过我的眼睛？也不看看我是谁！"

张警官由于工作成绩显著而立功获奖。

回到家里，张警官把奖金恭恭敬敬地交给老婆，老婆给了他一个热烈的拥抱，又来了一个甜得不能再甜的亲吻。

就在张警官心花怒放的时候，他老婆轻车熟路地从他屁股后面的口袋里掏出了三百块钱。

老婆亲热地刮了一下张警官的鼻子，笑嘻嘻道："小样儿，'打埋伏'是吧？想跟我耍小聪明？哼，也不看看我是谁！"

（原上草）

（**题图**：李　加）

逢 场 作 趣

　　尴尬也是生活的常态，就看你怎
么在当口上品出趣味来。随机应变，
八面玲珑，把场面给扳回来了，自然也
就绝处逢生了。

吹牛不上税

一天，两只麻雀在树上吃饱了没事干，就互相吹起牛来，甲说自己本领如何了得，乙说自己本领如何得了。双方互不相让，争得面红耳赤，可是争了老半天，也争不出个结果来。

后来，甲说："这样吧，咱俩光争也没用，不如拿行动来证明。"

乙问："什么行动？"

甲四下一看，指指树下对乙说："你看见那个卖烧烤的大胖子没有？咱俩打个赌，谁要把他手里的刀啄掉，就数谁厉害。行不？"

乙想：这点子事儿还不容易？不过，我得抢在前面，于是一抖翅膀就冲了下去。

却说树下这胖师傅生意不太好,正在吆喝着招徕顾客,没想到顾客没招来,却来了一只麻雀,不知是昏了头还是咋的,竟从树上直冲自己而来,他喝了声"好嘞",手疾眼快一伸手,就把麻雀逮了个正着,然后三下五除二捋了它的毛,往炉子边儿上一放,转身准备去拿竹签来串上,把它烤了。

甲在树上看呆了!一开始它见自己出的主意被乙抢了先,心里非常生气,可现在看到这一幕,心里不免一阵侥幸。可它转念又想:不行,我得把乙救回来,要是它被烤了,以后谁陪我吹牛呢?

趁胖师傅转身的当儿,甲一头从树上冲下去,叼着乙的翅膀就飞回了树上。此时,甲心里甭说有多得意了:这回你乙说啥也服了我吧?怎么着也是我救了你一命呀!

没想到,乙站稳了脚跟之后,冲着甲就嚷嚷上了:"你咋这样呢?我正脱光了膀儿要跟那胖家伙大干一场呢,你拽我回来干什么?是不是怕我比你厉害呀?"

（一　笑）

（题图:李　加）

草木屋里小夜曲

　　很久很久以前,关东平原地广人稀,常常相隔几十里地才见到一个屯落,散布着几幢或几十幢草木小屋。由于远离关内传统习俗的影响,这里的民风爽直而淳朴。

　　某屯有一个小伙子,这年将近三十了,婚期临近,越发想着邻屯的未婚妻,于是这天上午就背上一大块冻猪肉,拎着一铁桶烧酒,兴冲冲地去岳父家。

　　五六个小时的路程,加上一顿饭又吃了二三个小时,一转眼就日落西山了。为提防走夜路会碰上野兽,岳父岳母便留小伙子在家里住宿,小伙子欣喜不已。

　　岳母特地把一长溜火炕烧得热乎乎的。

　　为了家族的尊严和声誉,岳父岳母让未婚夫妇各睡炕的两端,他们睡中间,同性为邻。

夜色渐渐浓郁,烟酒气弥漫不散,旷野的寒风阵阵狂吼。可此刻,屋子里却是一片沉寂与燥闷,没有钟表,谁也不知道过去了多少时候。

小伙子其实并没有入睡,满脑子全是未婚妻的倩影。他想:婚期已经不远,提前亲热一番也许会得到老人家宽宏的默许。不过,他不好意思绕过两个老人,思前想后,便假装含含混混给未婚妻说梦话:"你过来呀,你过来呀……"

这边未婚妻其实也没睡着,一听小伙子叫她,又惊喜又害臊,苦思良久,也假作梦呓:"还是你过来吧,还是你过来吧……"

此时,岳父岳母哪里又睡着了? 岳父一听他们如此对话,又恨又羞,却耻于发作,索性也假作打鼾,夹杂着含混而坚定的大嗓门:"谁过去我就打谁呀,谁过去我就打谁呀……"

老伴吓坏了,生怕这话儿惊动邻居,家丑外扬,无奈之中,只好也加入说梦话的行列:"随他们便吧,随他们便吧……"

屋子里,说多热闹就有多热闹!

(韩振波)

(题图:李 加)

争花生

张三和李四的自留地相邻，两家只隔着一道田埂。

这年秋天，庄稼收获完了，张三在地里偶然发现了一个大鼠洞。根据经验，顺着鼠洞找鼠窖，一定能找到不少粮食，于是张三便低着个头，用镢头刨起鼠洞来。

刨着刨着，那鼠洞七扭八拐竟一路通到了李四家的地里，张三在那里发现足足有十多斤籽粒饱满的花生。张三把这些花生统统装入袋里，准备回家向老婆报喜。

这时候，李四闻声赶来了，气急败坏地对张三说："这鼠窖明明是在我的地里，这花生当然就应该是我的。"

张三一听，鼻子都气歪了，反驳道："你这算什么话？鼠窖虽然在你这儿，可鼠洞口却是在我的地里，这花生不都是从鼠洞口拉进去的？再说,这鼠窖还是我费力气刨出来的,咋说是你的呢?"

他们两个人你一言、我一语吵了起来,各不相让,越吵声音越大,眼看就要动手了,幸亏被来看热闹的人拉住。

这时,就有个人出来替他们调解,说:"你们别争啦,这些花生干脆一人一半算啦!"

可张三和李四都认为这样分自己吃了亏,都不同意。

最后在大家的劝说下,张三和李四去找村主任评理。

村主任了解了事情的原委后,问张三:"你地里种的啥粮食?"

张三说:"我种的是大豆。"

村主任又问李四:"你地里种的啥粮食?"

李四说:"我种的是玉米。"

村主任听了"嘿嘿"一笑,说:"你们一个种大豆,一个种玉米,没有一个是种花生的。那片地里,种花生的只有王五,不用说,这花生是王五的啦!"说罢,他叫王五把花生提走。

这下子,张三、李四全都傻了眼。

（朱　葱）

（题图:李　加）

混装厕所

一辆飞驰的中巴车上,乘客们都在闭目养神,车厢里很安静。

突然,一个中年男子的手机响了起来,他一接听,就大声说:"哦,小王啊?不好意思,我失约了,失约了。罚我请客?好,该罚该罚。小王啊,是这样的,上午临时来了个香港客户,我正在香格里拉请他吃饭,不好意思……行,回头见!"

被他这么一嚷嚷,乘客们的瞌睡都醒了。

没一会儿,那人的手机又响了,只见他眉头一皱,沉思半晌才开口说话:"喂,咪咪,你怎么啦?睡够了没有?记得擦香香啊!想我了?现在?不是说了嘛,我还在北京!别提了,那人真是难缠的主呀,看来还得二三天才能拿到钱呢!乖乖,听话,回来亲你,啊!"

那人说得唾沫四溅,这时候,他们的中巴车正在东莞往广州的高速公路上跑呢,坐在那人后排的一个小美眉,忍不住掩嘴笑了起来。

还没过五分钟,那人的手机又响了,只见那人看了看来电显示,很坚决地摁掉了。又响,又摁掉。可是对方看来是个很有耐心的人,穷追猛打一直不停歇。

最后,那人来气了,举起手机就一通"猛炮":"喂喂喂,你神经病啊你?没事打什么打,打电话不要钱哪?什么?我挂你电话?我在上厕所,要我对着马桶跟你说话?老婆啊老婆,我求求你了,老公在外面做事,你就不要再这个样子啦,什么事回去再说。就这样,我挂……"

他话还没说完,"哗——"全车乘客都笑作一团,连司机都停下车来,笑得前仰后合。

司机转过身来,对那人说:"我说你呀,能不能积点德?把我这车说成厕所也就算了,可车上的乘客有男有女,天下哪有这种混装厕所呀?"

(蔡燕飞　供稿)

(题图:李　加)

喝什么酒

一家私企老总去洽谈业务,除随行人员外,还带着夫人和一位女秘书。

一进宾馆,这位老总就悄悄吩咐宾馆服务员:"晚餐桌上我若说'喝白酒',你就将我和夫人安排在夫妻间;我若说'喝红酒',你就将我和女秘书安排住一起。"

服务员心领神会。

到了晚餐桌上,服务员就问老总:"先生,喝什么酒?"

老总微微一笑:"喝红酒。"

饭局结束,服务员便对老总夫人说:"夫人,很对不起,今天晚上我们宾馆夫妻间客满,只有单间了。"

因旅途劳顿,老总夫人很疲乏,于是便点头道:"没关系,就单间好了。"

第二天,到了晚餐桌上,服务员又问老总:"先生,喝什么酒?"

"喝红酒。"老总回答得很干脆。

于是饭后,服务员又对老总夫人说:"夫人,实在抱歉,今天我们宾馆夫妻间照样客满,还是只有单间。"

老总夫人有些不满:"不可能吧?去把你们经理叫来,我要证实一下。如果不是这样,我看你是不想干了!"

服务员见老总夫人较了真,慌了手脚,只好将老总对她说的话和盘托出。

老总夫人一听,就吩咐让服务员装作没事一样,她自己也不动声色,住进了单间。

到第三天晚餐桌上,服务员照旧问老总:"先生,喝什么酒?"

老总还是说:"喝红酒。"

这时候,只见老总夫人很有涵养地手捏着高脚酒杯,漫不经心地瞅一眼老总的女秘书,然后对老总说:"如果今天晚上你还想喝红酒,那么我可不可以让在座的各位男士换一换口味,晚上到我房间来畅饮白酒呢?"

(程应峰)

(题图:李　加)

真实的谎言

　　赵总有了外遇,对方是个年轻漂亮的私企秘书小姐,不仅人长得漂亮,还温柔体贴,对赵总是百依百顺,关怀备至。赵总一下子像掉进了福窝里,再舍不得爬出来半步。

　　但赵总终归是有身份的人,虽然喜欢小情人,但还是要注意对外影响,出席公开场合应酬时,还是带着原配夫人,只是去一些比较私密的宴会时才带上小情人。若是到小情人那里过夜,赵总也从不忘先打个电话回家,说自己在加班。在司机小王的帮助下,他倒也从没出过什么乱子。

　　但到了年终时候,赵总的应酬实在太多了,接完了夫人又得接小情人,司机小王转得像个轱辘似的。

　　这天上午,赵总的小情人来电话说要去做头发,小王刚开车把她送到美容院，又接到赵总夫人的电话，说是在超市购物，要他去接她回家。小王来不及掉头，就直接去了超市。

没想到，赵总夫人在车上闻出了一股最近常在赵总身上闻到的香水味，又发现座位上有根长长的头发丝，顿时起了疑心。赵总夫人拿着铁证追问小王，在她的威逼利诱下，小王没能保住对赵总的忠诚。不过小王要赵总夫人保证，千万不能说是他说出来的，赵总夫人答应了。

一连几天都平安无事，小王才松了口气。可这天赵总夫人突然给他来电话，说是要让他帮忙送一件礼物给赵总的小情人。小王吓坏了：这礼物会不会是什么毒药呢？他心惊胆战地来到赵总夫人那里，没想到夫人让他去送的礼物是一个鸟笼子，里面关着一只会说话的鹦鹉。

小王把鸟笼送到赵总的小情人那里，那鹦鹉一看见年轻美丽的新女主人，就直着嗓子说："小姐，你真漂亮！小姐，你真漂亮！"赵总的小情人高兴得不得了，倒是小王心里很有些不解，不晓得赵总夫人葫芦里在卖什么药。

当天晚上，赵总照例又要加所谓的班，他让小王把他送到小情人那里。可谁知没过半个小时，他就打电话让小王去接他。

只见赵总气冲冲地从小情人那里出来，说是从此要和那个小妖精一刀两断，再也不想来了。小王心里虽有千百个"为什么"，却不敢开口问一个字。

后来，他好容易有了探问赵总夫人的机会，才晓得原因其实就在那只鹦鹉上。赵总夫人只教会鹦鹉说两句话，见到女的说："小姐，你真漂亮！"见到男的就说："快走，赵总要来了！"

（于　洋）

（题图：李　加）

教授开店

退休在家的经济学教授这天突发奇想,开出了一家婚纱店,取名"教授婚纱店"。

甭说,教授开店还真有轰动效应,开张第一天,店里就涌来一帮小青年。可他们在婚纱上比划一阵后,却又都摇摇头走了。

一连数日都是这样,教授坐不住了,眼看就要到"五一"结婚高峰了,可店里的生意仍然毫无起色。

教授正烦心,他小儿子笑嘻嘻地来了,一进门就大大咧咧地对教授说:"老爸,我来给你收拾残局来了!"

教授平时最看不惯小儿子,都二十好几的人了,成天还没个正形。这不,与女友同居都快两年了,就是不提结婚的事。

教授没好气地说:"你能有什么办法?"

　　小儿子朝他挤挤眼，说："这你就甭管了。你把店铺交给我，租金我出，赢利对分，赔了算我的还不行吗？"

　　看到小儿子一副胸有成竹的样子，教授心一横，把店铺一交，干脆带着老伴出门旅游去了。

　　不过毕竟是自己开出的店铺，教授身在外地，心里却放不下，旅游一结束，他回来家门也没进，就直冲婚纱店。

　　这次出去才十天工夫，可教授却感觉店里的气氛和自己走之前大不一样了，只见店门口停了好几辆挂满鲜花气球的婚车，打扮得花枝招展的新娘在店里进进出出的，煞是热闹。

　　教授很纳闷，不知道小儿子使了什么招数。

　　他踏进店堂，见小儿子和他女友正忙着在指挥服装师给新娘量婚纱尺寸。小儿子见教授回来了，就嚷嚷说："老爸，我正要给你打电话呢，你后来进的那几件婚纱放哪儿了？快拿出来让师傅改改，人家新娘今天急着要用呢！"

　　教授凑过头去一看，只见服装师手里的两件婚纱，腰围改得又肥又大，不觉大吃一惊："这么难看的婚纱，谁要呀？"

　　他正想发作，忽然发现小儿子拼命在给他努嘴，回头一看，那里坐着几位新娘，其中有两个肚子正微微隆起。

　　他心里顿时明白了：怪不得我的婚纱卖不动！可经济学书本里，没写这个呀……

（申之珉）

（**题图：**李　加）

水缸冒烟

一老头沿着村边的小路散步，看见一个农民正坐在路边吃饭，觉得很奇怪，就走上去问道："你为什么不回家去吃呢?"农民指指对面的房子，支支吾吾地说："我家那口水缸，又冒烟了。"

老头听了一愣："水缸怎么会冒烟?"没等农民答应，他就朝对面房子走去。推开门，就听耳畔"呼呼"生风，一把大扫帚劈头盖脸打过来。一个女人的大嗓门骂道："滚蛋，否则我就杀了你!"老头立刻飞也似的逃出屋。

那农民靠在坡边，一脸不高兴的样子。老头走过去，拍拍他的肩膀安慰道："别伤心，伙计，我家的水缸也经常冒烟……"

（张冬冬　编译）

（题图：李　加）

多 此 一 趣

人说知足常乐，自有道理。你要是爱画蛇添足，多此一趣，没准就落个自讨没趣。

还是酒糟饼

　　崔大化家境贫寒,没钱买酒,但酒瘾却不小。老婆于是就想了个办法,每天给他吃两个酒糟做的饼子,满足他喜欢的那种辣辣的滋味和晕乎乎的感觉。

　　一天出门,崔大化在路上碰到朋友,朋友问他:"脸红扑扑的,一大早就喝酒了?"

　　崔大化摇摇头说:"不瞒老兄,只是吃了两个酒糟做的饼子。"

　　回到家里,崔大化和老婆说起这件事,老婆说他:"你真傻,人家怎么问你就怎么答?以后你就说是喝酒了,别提'酒糟'两个字。"

　　过了几天,崔大化在路上又碰到那位朋友,朋友问他有没有喝酒,他就照老婆教的说了。

朋友不相信,追问了一句:"那你这酒是烫了喝呢,还是就喝冷酒?"

崔大化老老实实地回答说:"是煎了喝的。"

他朋友一听就笑了:"原来还是酒糟饼啊!"

回家后,崔大化又和老婆说了这件事,老婆用手点着他的鼻子责备道:"酒怎么能煎着喝呢?应该说是'烫了喝的'。你这脑子怎么就转不过弯来呢?以后开口前,可要好好想想。"

崔大化点点头。

几天后,崔大化和那位朋友又相逢了,这回崔大化主动说:"这酒我是烫了喝的。"

朋友问:"烫了多少?"

崔大化说:"两个。"

朋友听了大笑不止:"还是酒糟饼啊!"

(许　晟　编写)

(题图:李　加)

过把瘾

　　王胖子是个好酒之徒,只要一天不喝酒,心里就像猫抓似的。平日里,他常常是醉里睡、梦里游,就像活在云雾里的神仙,所以人们都叫他"王神仙"。

　　王神仙喝酒喝到这般地步,他的老婆当然不能容忍,所以每月王神仙领了工资回去,老婆便全部没收,不给他留分文。这下可苦了王神仙,虽说一天到晚馋酒馋得要命,可无奈手中没钱,只能咬牙忍受没酒喝的痛苦。

　　话说这一天,王神仙意外拿到一笔加班费,整整三百元。钱在手里,王神仙心里就打起了小九九:这钱老婆不知道,不如自己悄悄留下解解酒馋。一想到这三百元钱马上就能换酒喝,王神仙兴奋得上班都没了心思。

下了班，王神仙没忘记先给家里挂电话，告诉老婆他要加班，随后就迫不及待地冲进一家小酒店，要了一斤老白酒。酒一下肚，王神仙的酒瘾哪里还控制得住，接二连三一杯杯地直往嘴里灌，没多久，那酒瓶子就见了底。

王神仙眼睛发直，舌头发硬，已经有了五六分醉意，可他拉住店老板还要买酒喝。店老板怕他再喝会闹事，就打着哈哈说："小店今日酒卖光了，你改日再来吧！"

王神仙一听就扫兴，冲着店老板说："你这是开的什么酒店？得，咱别处喝去。"说完，醉醺醺地出了店门。

王神仙东倒西歪地在街上转了一圈，又进了另一家酒店，接二连三地又喝下了半斤白酒。店老板看他已经醉得认不出东西南北来了，怕他再喝下去会坏事，于是就把他桌上剩下的半瓶白酒给收走了。

王神仙曾经是这家酒店的常客，店老板与他熟得很，但此刻王神仙脑袋发热，身体发飘，店老板在他眼睛里形同陌路人。他瞪着个血红的眼睛，出口一句："什么狗……狗屁酒店！"一甩屁股就跌跌撞撞出了门。

王神仙在街上东转西摸，还觉得自己酒没喝过瘾，就稀里糊涂地又闯进一家店门，摸着桌子坐下来就喊："店家，来半……半斤老……老白酒！"可话音落了半天也不见个动静，于是拍着桌子大吼："都死啦，没……没人啦？"

这时，一个女人从内堂出来，气狠狠地问他："你喊啥？"

"我要……要半斤老……老白酒喝。"王神仙醉得语不成句。

女人问："喝酒可以，你有钱吗？"

王神仙一听，得意地说："你别小看人，我有钱，今……今天才……才发的，嘿嘿，我老婆不知道，嘘……"他说到这儿还做了个手势，"你可别告诉她。"说完，就摸摸索索地掏出内衣口袋里的钱，往桌上一甩，"看见了吧，我堂堂男……男子汉，能骗你酒喝?"

头重脚轻的王神仙正得意地说着,突然"啪——"一声,脸上挨了一个重重的耳光:"好你个混账东西,胆敢藏私房钱灌猫尿尿,反了你了?"

耳光加怒骂,顿时把醉意蒙胧的王神仙给惊醒了。他睁大眼睛一看,吓愣了:自己老婆怎么怒目横眉地站在面前?是谁告的状?

他吓得连连后退了几步,揉揉眼睛再一看:怎么这里竟是自家的客厅?真是怪事!

（汪小弟）

（**题图:**李　加）

三 维 画

　　这天，老张到老李家玩，老李妻子没在家，老李就到厨房去炒菜，准备招待老张。老李在厨房忙碌着，觉得将老张一人晾在一边欠妥，就吩咐八岁的儿子说："大伟，把那幅画拿给叔叔看看。"

　　大伟正在打电脑，听到父亲喊，便把一张画递给老张。

　　老张接过一瞅，上面密密麻麻的不知画的什么，他随口嘀咕了一句："什么破玩意儿，乱七八糟的！"

　　老李在厨房里听到了，朝老张直嚷嚷："这叫三维画。你听我说，你把眼睛盯牢在画中央，一直盯着，奇景就会出现。这画能检测一个人的智商，我已经看出这画里是什么了，你试试。"

　　老张听明白了，按老李这话的意思，这画笨脑瓜的人是看不出来的。老张觉得这挺新鲜，于是就按老李说的，盯牢画中央的一点,眼睛瞪得大大的。渐渐地,他的视线模糊起来,眼泪都快出来了,可眼前还是模模糊糊一片,什么奇景也没出现。

老张不免有些难为情,心想:难道我的智商赶不上老李? 我是个笨人? 越是怕,越有狼来吓。偏偏这个时候,老李在厨房里问他道:"怎么样,看出来了没有? 是不是一只大青蛙?"

老张揉了一下眼睛,拿起画又看了一眼,说:"对对对,看出来了,是一只大青蛙,蹲在两片荷叶上,旁边还有两条小蝌蚪!"

老李一听,显得很兴奋,在厨房里大声说:"这画我给好多人看过,全都笨蛋一个,什么也没看出来,还是咱哥俩有档次!"

老李忙了好一会儿,把菜端上了桌,两人为彼此都有如此档次而连干了三杯。待老张回到自己家里时,天都已经不早了。

老张累得一屁股坐在沙发上,掏出那张顺手从老李家拿来的画,又看了起来。正在一旁做作业的儿子问他:"爸,你看啥?"

老张不失时机地开导儿子:"这叫三维画,你眼睛盯着画中央看,看着看着里边就会跳出一个大青蛙来。"

儿子一把夺过画,说:"给我看看。"他按老张说的,眼睛盯着看,可看了半天,什么也没看出来。他气得把画扔到一边,说:"爸爸骗人,什么大青蛙,乱七八糟的。"

第二天,老张把画给老李送回去,见面后,忍不住解嘲似的说了一句:"我那傻儿子,笨蛋一个,看了半天,啥也没看出来。"

老李接过画一看,愣了:"你昨天看的是这张画?"

老张说:"对呀,你儿子给我看的呀!"

"你从上面看出了大青蛙?"

"对呀,旁边还有两条小蝌蚪呢!"

谁知老李一阵哈哈大笑:"错了,拿错了,这是我老婆医院里的色盲测视图。"

(于连顺)

(题图:李 加)

防盗绝招

　　宁家三兄弟每天中午都在同一个食堂吃饭。

　　三兄弟特别爱喝酒,可又嫌食堂的酒贵,于是就自己带上一元五角一斤的"小烧"去解馋。但是顿顿都要拎酒瓶子去食堂总不怎么方便,这天三兄弟灵机一动,就干脆去买了个白色的塑料桶,装上酒,放在食堂里。

　　可是第二天吃中饭时他们去食堂一看,桶里的酒不知被谁偷喝掉了一点。

　　他们很生气,正好老二衣袋里有纸和笔,于是就掏出笔在纸上写下"王八偷酒喝"五个字,贴在酒桶上。三兄弟心想:总没人会为了喝点酒甘心当王八吧?

　　可没想到了第三天中午,三兄弟去食堂一看,酒不但又少了，而且偷喝者居然还把"王八偷酒喝"的"偷"字移贴到前面，成了"偷王八酒喝"。三兄弟这个气呀！

老三说："二哥，你的办法不行，看我的！"他眼珠一转，写上"非典患者专用"六个字，嘴里还嘟哝着："哼，这回看谁还有胆量喝？"

哪知偷酒者照喝不误，到第四天中午，那酒竟然只剩下小半桶了。

老大对老二、老三说："你们都太嫩，想的办法不管事儿，这回看老哥我的！"他把塑料桶换成深色的，在上面重重地写上"尿桶"两个字，然后把它放到墙角落里。他得意地对老二、老三说："嘿嘿，现在除了咱们知道底细，谁还会要喝这玩意儿呢？"

第五天中午吃饭的时候，他们哥仨迫不及待地来到食堂，可是一看都傻了眼："这玩意儿"竟把塑料桶装满了！

（顾文显）

（题图：李　加）

　　阿明调到新单位不久,这天熬了一个通宵,按办公室主任的指示,写了一篇万余字的工作报告。随后,他就拿着文稿去找打字员小丽帮忙打字。

　　小丽正忙得不亦乐乎,但还是热情地答应帮忙。阿明连声道谢,小丽嫣然一笑,说:"不客气,不客气,不过我打好以后,请你笑一笑。"

　　阿明听了一愣:笑一笑? 什么意思?

　　他转念一想:是不是小丽嫌我态度太严肃,所以光谢不成,还得再笑一笑? 阿明因为是初来乍到,人头不熟,所以平时确实有点"不苟言笑",现在人家姑娘如此落落大方,阿明想:我一个大老爷们还有什么豁不出去的? 于是鼓足勇气,冲小丽憨憨地点头一笑,然后将文稿往她的打字桌上一放,这才离开。

下午,阿明正在自己办公室里忙着,小丽拿着打印好了的文稿走进来,笑眯眯地对他说:"我打好了,都在这里,请你再笑一下吧!"

阿明这次已经有了心理准备,一听小丽说"再笑一下",就立刻对小丽微笑起来。

小丽见阿明光笑不说话,有点奇怪:"你快笑一下呀,我还有别的事呢。"

阿明听不懂了:我已经笑得这么卖力了,你怎么还要我"快笑一下"? 他干脆咧开嘴,冲小丽哈哈大笑起来。

这一来小丽火了,柳眉倒竖,杏眼圆睁,将打印好了的文稿往阿明桌上一甩:"你这人有毛病啊? 我叫你笑一下,你就是不笑,你不笑,打印错误你自己负责!"说完,她气呼呼地拂袖而去。

阿明一听小丽这话,顿时恍然大悟:敢情人家姑娘是叫我校对一下文稿啊! 可谁让她把校对的"校"字念别音了呢?

嗨,瞧这事闹的!

(傅国强)

(题图:李 加)

漂亮玫瑰

　　大老乐刚上班,礼仪公司就给他办公室的一个女孩送来一束包装精致的玫瑰,说是昨晚一个客户特地关照的。但奇怪的是,那女孩脸上却毫无表情,等那个送玫瑰的一走,她抬手就要把玫瑰往废纸篓里扔。

　　大老乐一看这么好的玫瑰要扔掉,心疼极了,若是放在花店里,五十元钱也买不下来。想想自己和老婆结婚后过的都是柴米油盐的琐碎日子,从来也没有在花前月下浪漫过,今天正好是老婆的生日,不如把这玫瑰拿回去,也和老婆浪漫一回。

　　他如此这般一说,女孩就把玫瑰给了他。

　　当天下班,大老乐兴冲冲地拿着这束玫瑰回家,他老婆正在厨房里忙着,也没在意他怎么进的屋。大老李脑子一转,就悄悄把玫瑰藏进柜子,打算晚饭后再拿出来,给老婆一个惊喜。

正在这时,老婆在厨房里喊他:"你正好回来了,快给我买包盐去!"

大老乐喜滋滋地拔腿就朝门外跑,一路上,他想起前两天因为临时断电,还买过几根蜡烛,不如今晚来个烛光晚餐,那气氛一定不错。大老乐越想兴致越高,买了盐回头就朝家跑。

才进门,坏了,大老乐看到那束玫瑰已经被老婆从柜子里拿出来了,扔在地上。

老婆见大老乐回来,怒目圆睁,张口就骂:"姓乐的,你居然敢把这东西拿回家来?要不是我到柜子里拿东西,还发现不了你的秘密。你给我老实坦白,是哪个狐狸精送的?"

大老乐心里暗暗叫苦,结结巴巴地辩解说:"这……这哪是别人送的,我……"

"你还不承认?看看这上面写的什么!"老婆气得身子都抖了起来,把插在玫瑰里的卡片抽出来,甩在大老乐面前。

大老乐一看,卡片上写着:曾经爱你,依然爱你,永远爱你!还记得那一个个浪漫的夜晚吗?只为有你一次真爱的回应,我痴痴地等,等上一万年!

大老乐肠子都悔青了:怪自己把花带回家的时候,怎么不先看看有没有什么东西夹在里面?唉,转手货真是要不得啊!

(何如平)

(题图:李 加)

老爹送钱

冀华浩是山里的孩子,上大学后看着班里有的同学穿名牌,进歌厅,请女朋友吃饭,花钱如流水,羡慕得不得了。他老想:自己上哪儿去弄这么多钱啊?

这天他在校园里望着天空发呆,突然有了主意,拍着大腿连叫三声"好",赶紧跑回宿舍,拿出信纸,给他爹娘写信。

他在信里先说了一通感谢爹娘养育之恩的话,接着就说学校的蚊子特别大,和家乡的蚂蚱差不多,叮人一口能起栗子那么大的包,三天也下不去,所以要买一顶很好的蚊帐;又说因为没有运动鞋,上体育课难看不说,关键是创不出好成绩,影响全班的荣誉;对了,宿舍里有个电热水瓶,一不留神被自己打破了,得赔一个;冬天特别冷,没有羽绒服简直就过不去,怎么也读不进书……

他充分展开想象的翅膀,洋洋洒洒地写了三大张信纸。最后对爹娘说,这些东西若买全了,怎么也得二千块钱,他知道家里困难,可实在没办法,不得已才开的口。

信发出去之后,冀华浩的心里一直有点忐忑不安:一是良心上怎么也有点儿过不去,二是怕爹娘弄不来钱,那自己可就翻不了身了。所以,他天天掰着指头算日子,等爹娘的回信来,真是尝到了度日如年的滋味。

总算一个星期后爹的回信到了,冀华浩哆嗦了半天才把信撕开。爹在信里说,家里会千方百计给他凑钱,让他别太着急。

冀华浩读着信,心里不免愧疚起来,暗暗对自己说:"瞎话就说这一回,等以后毕业有了工作,一定要加倍报答爹娘。"然后,他就克制不住地开始给自己计划起来,用这二千块钱可以去买什么牌子的衣服,去哪个歌厅潇洒,上哪家饭店请客。

这天,他正躺在宿舍的床上胡思乱想,忽听外面有人喊:"冀华浩,你爹来了!"

他心里一乐:爹把钱送来了! 赶紧爬起来迎出去。

可是一看到爹,他傻眼了。只见爹一头汗水地站在宿舍门口,肩上前后搭着两个鼓鼓的旅行包,手里提着网兜、洗脸盆,还有暖水瓶,网兜里塞着牙刷、牙膏、毛巾一大堆东西。

冀华浩结结巴巴地说:"爹,你这是……"

他爹憨厚地一笑,说:"嘿嘿……你娘怕你读书忙,没时间去买,就都替你买齐了,你信里说的东西,一样也不缺,一年也用不完。这下,你可以安心读书了吧?"

（崔志刚）

（题图:李　加）

够意思

丈夫有个老同学，开着一家花店。

妻子二十八岁生日那天，丈夫就在老同学的花店里订了一束红玫瑰，还特地挑了一张精美的贺卡，端端正正地写上：如果一颗星代表一份快乐，我希望送你一条银河；如果一棵树代表一缕思念，我希望送你一片森林；如果一朵玫瑰代表一岁芳龄，我希望你永远是花季的年龄！

为了给妻子一个意外的惊喜，丈夫让老同学晚上派花店小姐把玫瑰送到家里来。

所以，到晚上一家三口正围坐在餐桌旁庆贺妻子生日的时候，门铃响了，花店小姐手捧着一大束红玫瑰出现在他们家门口。

妻子接过玫瑰和贺卡,先是一脸的惊诧,继而脸上绽放出了灿烂的笑容。

丈夫心里很得意:妻子总说自己不懂得浪漫,这回该彻底改变印象了吧?

可他还来不及表功呢,妻子却突然神色大变,愤愤地把玫瑰扔到地上,雨点般的拳头已经向丈夫砸来。

妻子抽抽噎噎地骂道:"你这个没良心的,你心里到底有没有我啊?我过几岁生日你都搞不清了?"

丈夫拿起被妻子丢在地上的玫瑰一数,咦,怎么成了三十朵啦?赶紧给老同学打电话。

对方回答是:"谁让咱是哥们呢,我特地多送你两朵。怎么样,够意思吧?"

(黄　健)

(题图:李　加)

测试老婆

　　张三、李四、王五、赵六四个哥们时常在火锅店里"修长城"，反正最后谁赢谁请客。

　　这一回，是张三赢，按惯例，张三请客。其实他们哥们几个都不是太能喝的，两瓶白酒没见底，哥们几个就都有点醉醺醺了。

　　这时候，他们的话题正好扯到"老婆"身上，就听张三红着醉脸嚷嚷道："老婆是什么东西，不就是侍候老公的嘛！"

　　张三平时是出了名的"妻管严"，哥三个见他现在酒后说大话，就想治治他，于是就提议来做游戏：测试一下，看谁最怕老婆。

　　游戏内容是这样的：四个人的脸上都印上一个红唇，回家后看老婆怎么说,谁被收拾得最惨,谁就算输,输了的明天再请客。

他们请火锅店老板娘作证。

老板娘觉得很新奇,乐呵呵地满口答应。正好老板娘嘴上涂着口红,她就自告奋勇来帮忙,在每个人的脸上印上一个鲜鲜亮亮的红唇,然后让他们各自回家。

先说张三。回到家里,老婆一脸笑容地把他迎进屋,可立刻就闻出他身上的酒气来,再一看他脸上居然还印着红唇,脸就沉了下来。老婆怒不可遏地一把将张三推出门外,"哐"一声把门关得严严的,无论张三怎样苦苦央求,老婆就是不开门。没办法,张三只好返回火锅店。

第二个回到店里的是李四。李四的老婆其实是个很温柔的女子,没想到她也会把李四赶出家门。不过想想也是,女人再温柔,也容不得这样的事呀!

第三个回来的是王五。王五衣衫不整,头发零乱,脸上还有抓痕,一看就知道他回家后也被老婆整得不轻。

只有赵六没来。看样子赵六是顺利进屋了,真是好福气呀!

火锅店老板娘看着张三、李四和王五三个人狼狈的样子,抿着嘴直笑,说:"你们游戏做大了吧?不过,也不用担心,依我女人的直觉,你们在这里坐一个小时再回去,保证老婆让你们进屋。"

三个人对老板娘的话将信将疑,可又没有别的办法,只好在火锅店里坐等着。一个小时以后,他们听老板娘的话,鼓足勇气再次回家。

张三到了家门口,心里还是七上八下的,他悄悄推了推门,果真没锁死,他心里不由对老板娘佩服不已:"说得真准啊!"

走进卧室,张三见灯光下老婆披着衣服坐在床上。老婆见张三回来了,赌气地冲着他说:"你还有脸回来?"

张三赶紧把他们四个玩游戏的事说了一遍,为了证明自己说的都是实话,他让老婆和李四的老婆当面对证。

张三用手机拨通了李四的手机,先是轻轻地问:"进屋了没?"

李四的声音里有了笑意,但低低的,不敢大声:"进了。你呢?"

"我也进了。"张三的声音很小,不敢放肆。

李四说:"我老婆在哭,我说的话她不相信。你把手机给你老婆,叫你老婆跟我老婆说一下吧?"

张三赶紧把手机递给老婆,两个女人通了一番话后,张三的老婆脸上才有了笑意。

张三老婆把手机甩给张三:"吃饱了撑的!"

张三拿了手机,又给王五打电话,知道王五也进屋了,这才松了口气,风波总算平息了。

张三正准备睡觉,手机铃突然又响了起来,张三一看是赵六打来的。

赵六说的第一句话是:"不好了!"

张三不由一愣:"你有什么不好?在家里舒舒服服的。我们三个才不好呢,在外面关了一个小时,刚刚才被放进屋。"

可是赵六在电话那头说:"你们关在外面,那是老婆爱你们。我虽说进了屋,却惨了,老婆和我谈判,她要和我离婚。她什么都跟我说了,她和别人相好都一年了。她还说,反正我们各自都有了,正好。唉,你再出来一趟吧,叫上李四、王五两个,到火锅店再陪我喝两杯……"

（陈建勇）

（**题图**：李 加）

还需要买什么

　　吴刚就要结婚了。瞧他，多开心呀！因为他的女友好似一朵娇花嫩蕊，温柔可爱，让人艳羡不已。

　　但结婚前的准备工作，也让他俩忙个不停。

　　刚装修好新房，这天，吴刚和女友在商量需要买哪些结婚用品，女友掩饰不住甜蜜地说："阿刚，我们要买家具、家电、厨卫用品，打造美好生活！"

　　吴刚点头说好。又问："还需要买什么？"

　　女友说："还要买鞋架、衣架、床上用品，完善美好生活！"

　　吴刚直点头说好。又问："还需要买什么？"

　　女友说："还要买花鸟虫鱼，增添生活情趣，点缀美好生活！"

　　吴刚使劲点头说好。又问："还需要买什么？"

"嗯……我们还要买书,《红楼梦》、《三国演义》、《水浒传》、《西游记》,让家里充满文化氛围,升华美好生活!"

"好,听你的,买!"吴刚拼命点头。又问,"还需要买什么?"

女友实在想不出还有什么东西没买,就说:"阿刚,你也想一想嘛!"

吴刚摸着脑袋想啊想,突然大叫起来:"哎呀,差点忘了! 还有一个非常非常重要的东西没买,没有它,我们就没法过美好生活。"

女友大惑不解:"什么东西?"

吴刚激动地说:"我担心有人送礼送假钱,所以咱们得去买一台验钞机!"

(张金初)

(题图:李 加)

老 年 组

　　小赵居住的地方是个花园小区，养狗的人家特别多，有人粗粗统计过，至少有七八十家。居委会为了活跃小区居民的文化生活，特地策划了一次"百狗选美"比赛，还在小区里找了几位居民来当评委。

　　小赵夫妻俩得知消息后非常兴奋，因为小赵家有一条宠物狗，名字叫"妞妞"，是一只两岁大的纯种京巴，它个儿小，眼睛大，一身纯白的毛儿，一点没有杂色，小赵夫妻一直把它当作宝贝女儿。

　　为了在选美比赛中拿到好名次，小赵妻子用了整整一天时间为它美容，还得意地对小赵说："你看着吧，咱家妞妞拿第一没得说！"

　　选美比赛就在小区花园里举行,居民的参赛热情非常高涨,比赛这天,纷纷牵着自己的爱犬来参加。可是经过激烈的角逐,一户李姓人家的沙皮狗荣摘桂冠,而小赵家的妞妞只得了第二名。

　　比赛结束时,居委会主任发表了一通热情洋溢的讲话,最后说:"这次比赛举办得很成功,为了建立百狗选美长效机制,我宣布,以后这样的活动将每年举办一次!"

　　"哗"全场立刻掌声四起。

　　待掌声一落,小赵举起手来:"主任,我能提个建议吗?"

　　居委会主任笑着朝他点点头,说:"当然可以。请说吧!"

　　小赵说:"以后选美,能不能分成老、中、青三组?"

　　居委会主任脑子一时转不过弯来:"此话怎讲?"

　　小赵说:"这不是明摆着的吗? 这次沙皮狗虽然得了第一,可你看,它满身皱纹,老得不成样子了,应该分在老年组……"

(王恩亮)

(题图:顾子易)

歪 理 邪 趣

按理说,自知理亏自然就心虚,可还真有人有这个"心理素质",把歪理进行到底,直叫你哭笑不得。

4742488

　　张三新装了一部电话,邮电局给他的号码是"4623315"。

　　他一看就火了,冲着人家柜台小姐就嚷嚷:"要想发,电话号码必有'8'。你给我的这个号码,为什么里面竟连一个'8'都没有? 不行,我要的号码最少得有两个'8'。"

　　小姐朝张三摇摇头,耐心地解释说:"同志,我们给客户的号码都是挨个排下来的,排到啥号就啥号。如果您一定要换里面有两个'8'的也行,得交300元自选费。"

　　"交就交,"张三鼻子里"哼"了一声,"这个号码是一辈子的事,还在乎300元钱?"

　　张三一边说,一边就从口袋里掏钱,随后就在自选电话号码表上挑起来。

他一看,嗨,果然有一组号码里面有两个"8",而且还是连在一起的:4742488。

张三是个爽快人,朝小姐手一挥:"这个号码我要了。"他立即办了手续,拿过号码通知单就往家里跑。

回到家里,张三神气活现地对全家人说:"你们看看,虽然多花了300元钱,可咱挑的号码就是不一样!"

他妻子拿过通知单一看,气得跌坐在床上:"好个屁!打头就是'47','47'就是'死妻',不吉利,不吉利。"

儿子也凑过来看,一看也叫起来:"妈,不好啦,死了你还要死我!'47'后面是'42','42'不就是'死儿'嘛!"

张三老爸这时候正在喂他那两只宝贝鸽子,一听孙子这么嚷嚷,脸色就变了。过来一看,狠狠扇了张三一巴掌:"你要我们都死光你才开心? 快给我换了去! 白养你这个臭小子,真是混蛋到家了!"

张三一头雾水地拿了电话号码通知单再去邮局,一路上,他对着这个挑来的电话号码看了又看,看了半天终于回过神来:哇,难怪老爸发这么大的火,这"47"、"42"的后面是"488","488"不正是"死爸爸"的谐音嘛!

(刘乃儒)

(题图:李 加)

为啥没俺的名字

　　半年前，于新来坐上了局长的宝座，从此他的名字便频频出现在市里的各种媒体上，开会啦，视察啦，后来甚至连见一个什么人，也都要报道一番。

　　一开始，于新来还不太习惯，但后来时间长了，他的感觉不要太好哟，如果三二天没见动静，心里反倒空落落起来。

　　他那个爱拍马屁的秘书摸准了他的脾性，于是就拼着命为媒体提供有关他的种种活动信息，实在没什么可热闹了，就干脆把全局近五十个人的生日排成队，以于局长的名义到电视台去为他们点歌，让他的名字时不时地在电视上亮相。

　　这天中午，于新来去喝市长儿子的新婚喜酒，来到大酒店，却怎么也没能在宴席名单上找到自己的名字。于新来明着不好说,心里却很不高兴。这顿酒席,他真是吃得又憋气又窝火,到后来,虽然酒喝得不多,却有点醉了。

醉意酩酊的于新来回到局里,看见他的秘书正在往墙上贴一张什么东西,贴好后,还装模作样地对周围的人念了一长串名字。于新来一听又没有自己的,一肚子火立刻蹿了上来,冲上去一把揪住秘书的衣领吼道:"为啥没俺的名字? 快给我加上去!"

周围人一脸愕然。

还是他秘书反应快,连忙解释:"于局长,这是法院枪毙人的公告啊!"

（蝶　梦）

（**题图**:李　加）

财神敲门

　　刚下班,县精神文明办公室尤主任就忙着跑回家,向老婆邀功请赏。

　　他神秘兮兮地对老婆说:"财神敲门了!"

　　"什么财神敲门?"老婆不解地问。

　　尤主任说:"市里要求结合刚刚颁布的'文明纲要'开展学习宣传活动,使纲要精神尽快家喻户晓,要让人人明白。"

　　老婆一听,朝他撇撇嘴:"这算啥财神?"

　　"急什么,"尤主任说,"你听我把话说完嘛!市文明办借这个东风搞了本辅导小册子,准备作为必读材料发给全市各单位,定价10元,要求人手一册,作为政治任务完成,光咱们县就拉来了好几车。"

老婆听了满脸失望:"这财神敲的是人家的门,你高兴个啥劲儿呀?"

尤主任"嘿嘿"一笑,说:"市里赚卖书的钱,咱就'借风行船'搭他们的车,要求下面用统一的本子写心得,这本子全部到咱儿子文具店去进货。全县几十万人就几十万个笔记本,你想想,这笔赚的钱会落到谁头上?"

"呀!好主意,真是好主意!还是你耳朵好,听得到财神来敲门!"老婆说着,亲热地揪了揪尤主任的耳朵。

接下来的事情果然进行得很顺利,全县人民学《文明纲要》,尤主任就从全县人民头上狠狠地赚了一笔。可乐极生悲,一家人笑容未敛,纪检委就根据群众举报找上门来了。

调查组的人问尤主任:"每本辅导材料要搭配一百多元东西,你不觉得这样做太过分了吗?"

尤主任一听懵了:"一百多元?哪有一百多元!各位领导,我跟你们说实话吧,我每本辅导材料只搭配一个笔记本,才几块钱。我可以对天发誓。八成……八成是下面那些见钱眼开的家伙做了手脚……"

调查组看尤主任的神态不像是在说假话,于是就掉过头去做深入调查。很快,一张搭配清单整理出来了,除了"钢笔、铅笔、圆珠笔各一支"还算讲得过去外,还有什么公文包、文化衫之类的,最后竟然还有"内裤一条"。

真是太不像话了!调查组立刻一项一项查,可是每查一方,回答都振振有词。

查到搭配文化衫的时候,服装厂的回答是:"虽说我们得了好处,可这也是为了宣传需要嘛!我们在文化衫上印了口号,效果非常好。不信你们看。"服装厂那人指指窗外几个正好路过的农民兄弟。

调查组的人伸头一看,只见那几个农民兄弟身上穿的文化衫,前后都印了字,有的是"随地吐痰,罚款 5 元",有的是"讲究道德,不打老婆",还有一个更绝,是"贯彻《文明纲要》,不随便拉屎撒尿"。

调查组的人看了,真是哭笑不得。

调查到搭配内裤一事,查下来是一个村长干的,调查组就把他叫来询问:"这内裤和学习贯彻《文明纲要》有什么必然联系呢?"

那村长眼睛一抬,说:"有啊!怎么没有?《文明纲要》讲的就是要文明嘛!我们村的姑娘、媳妇,百分之六七十以前都不穿内裤。如今都什么年代了,这多不文明呀!咱一个基层干部,也喊不出啥口号,就是想要为群众办点儿实事。"

这理由新鲜!说实话,调查组的人真还是第一次听说。他们正在考虑这村长说的有没有道理的时候,旁边不知谁插了一句:"请问村长,你们村里姑娘、媳妇不穿内裤,这个情况你是怎么了解到的?"

村长顿时就张口结舌地愣在那里,脸红得像块猪肝。

(李　末)

(题图:李　加)

考媳妇

小二要去相亲,临行前,他爹特意关照:"咱是手艺人家,找的媳妇不光模样要俊,人还不能傻。"

小二皱着眉头问他爹:"模样俊不俊一眼就能看出来,可如果不说话,她傻不傻我怎么知道?"

爹说:"你出题考她呀,亏你还念过初中哩!"

小二一听,心想也是。

小二于是跟着媒人来到女方家,一看,这宅子还是爹和自己一起垒的呢,心里不觉有了主意。瞅准时机,他把姑娘拉到一边,悄悄问:"你家这院子有多少平方米?"

姑娘摇摇头:"不知道。"

小二又问:"你家这房子跨度是多少?"

姑娘的脸红红的，还是答不上来。

小二不免有点失望："那我再问你，你知道你家这房子是谁掌线垒的吗?"

姑娘惊讶地看了小二一眼，抬腿就奔进自己房里。

回到家，小二把去女方家相亲的前后经过详详细细给他爹说了一遍，他庆幸自己幸亏听了爹的话，没把傻媳妇娶进门。

这时候，媒人来了，进来就把小二痛骂了一顿："你这个正儿八经的傻熊!"

小二爹在一旁不乐意了："你这是怎么说话哩? 俺小二问得不是没道理，要说头两个问题她不知道也就算了，可这第三个答不上来，不明摆着就是傻嘛! 你在村里挨家挨户打听打听，有哪家媳妇不知道她公爹名字的?"

"就是嘛!"小二不服气地插嘴道，"俺娘说啦，她没过门的时候就知道俺爷爷的名字，还知道俺爷爷的外号叫'半套驴'。"

媒人一听，真是又气又乐，冲小二说："对对对，你往后再去相媳妇，先问她知不知道你爹叫'二五眼'。她要是不知道，就是仙女下凡你也不要。"

（李宽云）

（题图:李　加）

怕老婆的理由

怕老婆有各种各样怕法,就说县委办公室的老张吧,他是怕老婆打他,所以朋友们都嫌他窝囊,给他们大男人丢脸。

这天,老张的几个朋友连拉带拽的,把老张拉到一家餐馆,打算在酒桌上给他支支招。

几杯烧酒下肚,大伙儿脸上都泛出了红晕,话也更加多了起来。

有个朋友趁机给老张把话挑明了:"我说老张,你大小也是个人物,我们就弄不懂,咋就这么怕老婆呢?"

老张一听,脸"通"地红到了脖子根,他举起酒杯,抿了一口,叹道:"唉,我这怕是有道理的……"

"什么道理?"

　　"当年她嫁给我的时候,人长得高挑漂亮,端庄圣洁,像个菩萨。你们难道不怕菩萨吗?"

　　朋友们一听,老张这话不错,那婆娘嫁给老张的时候,确实是本地有名的美人儿。

　　老张抿了一口酒,又说:"可结婚不到半年,她就露出了庐山真面目,外表看起来跟以前一样迷人,可一回到家就独断专行,她说一我不能叫二,叫我向东我不能向西,否则晚上就不让我上床,就像盘丝洞里的妖精。你们难道不怕妖精吗?"

　　见朋友们有的点头,有的摇头,但都没吱声,老张就接着说了下去:"到四十岁时,她性格变得古怪起来,连内外都不分了,发起火来像头母老虎。你们难道不怕老虎吗?"

　　酒桌上鸦雀无声,老张于是继续说下去:"如今,她开始喝减肥茶,吃减肥药,做减肥操,身体奇迹般地瘦了下去,晚上把妆一卸,皮焦齿黑,狰狞得像个鬼。你们难道不怕鬼吗?"

　　朋友们听得目瞪口呆,先前问话的那朋友更是连连摆手:"哎呀,你不要说了。再说下去,我们都汗毛凛凛回不了家了!"

(霄　飞)

(题图:李　加)

远亲不如近邻

老刘两口子为儿子的婚事忙得昏天黑地，家里仅有的几千元钱都给了女方，可置办家具电器和酒席至少还得五千元，这钱到哪里去找呢？

老刘两口子这天又起了个大早，准备去四十里外的亲戚家借钱。老刘嫂心疼老伴，特意给老刘多煮了一个鸡蛋，给他加点营养。可老刘哪里吃得下啊，万一还借不够钱，儿子的婚事怎么办哪？他嘴上都急出了几个大泡。

正在这时，院里突然有人高声喊老刘，老刘一看，是邻居老赵。老赵在自家门口开了个小店，不过老赵是个铁公鸡，所以平时他们两家很少来往。

老刘颇感意外，连忙把老赵让到屋里。

老赵今天倒是格外热情,看着满脸愁容的老刘说:"看你这几天着急上火的样子,有什么想不开的?"

老刘见人家主动问自己,于是就把借钱办喜事的事情讲了。

老赵说:"咱们街坊邻居住着,你有难事儿怎么不和我说?看你急得嘴上都起泡了,这事包给我了。"

老刘一听老赵这话,简直是喜出望外。可一想这老赵是远近闻名的铁公鸡,只进不出的人物,他会不会只是客套一下呢?于是便说:"这不太好吧,还要麻烦您……"

老赵倒很爽快,说:"都一个村里住着,这算什么? 一会到我那去拿。俗话说得好,远亲不如近邻嘛!"

想不到天大的难题就这样解决了? 送走了老赵,老刘两口子激动了好半天。有了钱,儿子的婚事就有了着落,于是老两口简单收拾收拾,就一起去老赵的小商店。

一进门,老赵就迎了上来,说:"老刘啊! 你看你这两天急的,我都看在眼里了,你早说的话,我早就给你解决了。"

老赵说着从柜台下面拿出两个大盒子,老刘一看,是两盒营养品。

老赵笑容满面地说:"我看你着急上火的样子,就给你准备了两盒西洋参,你用它好好调补一下身子。不瞒你说,这是人家送给我儿子的,他每年都收不少,收了也没用,就拿到我这来卖,正好给你。"

原来不是借钱给自己啊,老刘两口子挺失望。不过他们也不好意思说什么,毕竟人家也是为自己着想,是自己求钱心切,把事情想歪了。

老刘两口子拿起这两盒西洋参刚要走,老赵忙说:"这两盒参虽然时间有点长,盒也有点坏,但里面的参是好的,这东西市场价是二百元,咱们街坊邻居的,我给你便宜点,你就给个一百五十吧,俗话讲'远亲不如近邻'嘛,不就是个互相照应的意思?"

(徐 瑾)

(题图:李 加)

看见美女躲着走

谭明自己长相一般，可偏偏喜欢在马路上看美女，用他自己的话说，养养眼也好。

这天黄昏，谭明正走在街上，迎面过来一个女孩，身材很棒，穿着也时髦，谭明的眼珠子于是就不听使唤了。女孩发现谭明呆呆的样子，嫣然一笑："大哥，怎么一个人出来呀？"

谭明见女孩主动和自己搭话，不由一愣。

女孩又靠上来说："大哥，能占用你一点时间吗？"

谭明不由自主地点点头，就这么着，他有些恍惚地跟着女孩来到路边花园，在一张双人椅上坐了下来。女孩对谭明说了些什么，谭明一句也没有听进去，他只想着自己该怎么来享受这次难得的艳遇。突然，他感到自己的腰部隐隐有点痛，低头一看，女孩手里一把寒光逼人的匕首正捅在他的腰上。

谭明吓得浑身一抖,马上意识到自己遇上打劫的了,而且劫匪还是个美女。没办法,他只好抖抖索索地把衣兜里的钱包交了出来。可奇怪的是,美女并没有伸手来接他的钱包,反而手一收,把匕首朝她自己胳膊上猛刺下去,立刻,殷红的鲜血涌了出来。

谭明惊得目瞪口呆,看着美女痛苦不堪的样子,他知道她使的这一招十分厉害。因为报纸上早有报道,这时候只要美女一叫喊,行人就会立刻把谭明扭进派出所,到那时候,谭明不但要给美女治伤,还要赔给她一大笔医疗费和精神损失费,弄不好还会因此而坐牢,这就叫"黄泥巴掉进裤裆——不是屎也是屎"了!

美女还没开口,谭明已经认栽,他愣愣地坐在那里,等着美女提要求。

美女见他吓傻了,突然哈哈大笑起来,收起匕首,嗲声嗲气地说:"大哥,我不是说了给你做个试验看看嘛,你怎么还这么害怕啊?告诉你,我是刀具厂的推销员,这是我们新研制出来的小型尖刀,刀柄上有个开关,看是刀刃刺进了皮肤,其实是缩进了刀柄,流出来的血也是暗藏在刀柄里的染料。不信你看……"美女说着,又向谭明演示了一遍。

美女对谭明说:"大哥,你看这刀多神奇呀,才二十块钱,买一把吧?要是去讨债,准能帮你大忙。"

谭明终于明白了美女的意图,松了一口气,忙从钱包里掏出一百块钱,说是要买五把。

其实谭明又不讨债,哪里用得着买这么多刀?可他心里不踏实呀:还是买了走人太平,不然的话,这美女还不定生出什么新招来!

(李文胜)

(题图:李 加)

驴经纪改行

　　赵家庄有个姓黄的歪嘴老汉，别看他嘴歪，却是个买卖牲口的中间人，俗称"驴经纪"。因为干这一行讨价还价根本不用动嘴皮子，而是划拳一样，双方手指头来来去去地一比划，买卖就成了。

　　这一天，黄老汉去赶集，看到路边有人在吆喝，此人染着黄头发，扎着小辫子，穿着花小褂，不男不女，不中不洋，嘴里时不时地蹦出几个洋词儿："一天十块钱，愿意干的快报名。OK?"

　　黄老汉一打听，原来此人是附近影视城一个剧组里的演员经纪人，因为剧组明天要拍一场大戏，他跑到这里招群众演员来了。黄老汉忙问："是一天一给吗?"

　　"噎死(yes)。"这人半中不洋地回答道。

黄老汉小眼睛顿时一亮，于是凑上去扯扯他的小辫子。来到背人处，黄老汉将胳膊亲热地搭上"小辫子"的肩头，商量说："老板，价钱给低点儿吧？你提提价，要多少人，我给你搞定。"

小辫子朝黄老汉一瞥眼，轻蔑地问道："你干啥的呀？"

黄老汉挺挺胸脯说："俺也是经纪人。"

小辫子一听黄老汉这声回答，不由上上下下打量了他一番，说："我给你点赚头，一天十五吧？"

黄老汉四下看看，右手放在小肚子下，大拇指跟食指张开做了个八字，晃了晃，意思是"一天八十"。见对方没反应，便又握紧拳，大拇指跟小指跷起，意思是"六十"。

小辫子还是没反应。

黄老汉只得再落价，伸出四根手指头晃了晃，意思是"四十"。

小辫子见黄老汉不断地冲自己挤眉弄眼，手指头在肚子底下比比划划，不耐烦了："行了，你也别比划了，就是我说的数，你爱干不干，OK？"他边说，边伸出三根手指头，在黄老汉面前一晃。

三十？黄老汉喜出望外，他本以为小辫子最多只会给二十。如果只用二十块去招人，那他不就可以从每个人身上赚到十块钱了吗？他怕小辫子反悔，马上点头说："好，就这么定了。"

小辫子见黄老汉倒也爽快，便拍拍他的肩，伸出两根手指做了个"V"字形："耶——合作愉快！"

可黄老汉见了心里却大吃一惊：你怎么连我准备花二十块钱去招人都猜到了？

黄老汉也没心思再赶集了，马上转头赶回村里，逢人就说自己改行做演员经纪人了，现在影视城正招群众演员，每天每人二十块。村里人觉得这事儿新鲜，不一会儿，来报名的人就差点把他家门框给挤破。于是第二天，黄老汉就带上他的群众演员们，浩浩荡荡直赴拍摄现场。

小辫子见黄老汉果真领来这么多人，嘴里"OK"个不停，三根手指冲他直比划来、比划去的。黄老汉见了乐得眉开眼笑，心说："行了，你别提醒了，俺知道你一位只给三十。"

好不容易盼到天黑，群众戏终于拍完了，黄老汉乐呵呵地去跟小辫子算账。小辫子痛快地数出一摞百元大钞，"啪"拍在黄老汉手里，大大方方地说："谢谢你了，老伯。"

黄老汉蘸着唾沫将手里的钱数了一遍，脸上的笑容就不见了。又一五一十数了一遍，他急了："不对吧？"

小辫子问他："怎么不对？"

黄老汉跳起来了："少了一半呀！"

"不可能，每人十五，一共差五块二千，我给你二千，还多给了你五块呢。"

黄老汉叫起来："你想讹我呀？咱明明定的是每人三十的。"

小辫子根本不认账："莫名其妙，我什么时候说过一人给三十？"

黄老汉急得赌咒发誓："绝对是三十，就是你给的价。"

小辫子也火了："实话告诉你，剧组给我一个人才三十块呢。都给了你，我还赚不赚了？你别无理取闹了，OK？"说着，他又伸出三根手指头，一晃。

黄老汉一下子蹦起来，一把抓住小辫子的手腕，扳着他的三根手指道："你看，你昨天就是跟我这样比划的，不是三十是多少？"

小辫子看看红脸粗脖子的黄老汉，再看看自己这个手势，突然明白了，不由"扑哧"一声笑了出来："哈哈，你误会了。你看，我这是在做 OK 的手势，谈妥了的意思，哪里是什么'三十'呀！"

（黄　　胜）

（题图：李　加）

总算没有白忙活

　　这天早晨一上班,市地名办公室的张主任就吃了一惊:大门外有人敲锣打鼓地送感谢信来了。只见走在队伍前头的几个人举着一面大红锦旗,锦旗上写着两行字:变更门牌号码,救人于危难关头。

　　张主任这个高兴呀! 一年来他们实在太辛苦了,他们所在的这个小城为了和国际接轨,新的建筑项目不断上马,拆迁、改造……门牌号码的变化像上了新干线,快得很。张主任带领同事们上街摸排情况,一年来光市里几条重点街道就换了三次牌号。

　　张主任接过锦旗,脸上笑成了一朵花。

　　群众中领头的是个中年人,他激动地握住张主任的手,声音颤抖地说："我们打听了好几天，才找到恩人们哪，感谢你们及时改了门牌号码，把我的儿子从悬崖边上挽救了回来！"

张主任怎么觉着这话越听越糊涂了？他忙让这人喝口水慢慢说。

中年人定了定神，说："事情是这样的。我儿子是个失足青年，跟着一帮坏小子不干正经事，他们那坏头头让他们去盗广场旁的那家商店，头头自己先去踩点儿，把盗窃时间定在后半夜，让这帮小青年动手，他自己在家里听消息。头头怕他们走错地方，特地交待说，那家商店的门牌是 108 号。我儿子他们到了地方，手电照着门牌，瞅准了 108 号上去就砸玻璃撬门子，进去还没来得及动手，就让巡逻的民警给抓住了。可谁能想到，这么大的事儿，他们只被拘留了十五天就放出来了，罪名是破坏公共财物。嘿呀，真是感谢恩人呀，是你们及时更换了门牌号码，把 108 号的牌子挂到刚刚建成的公共厕所门上去……"

张主任这才听明白了意思，可他真恨不能找个地缝钻进去。

（徐　洋）

（**题图**：顾子易）

盎 然 █ 趣

█,倒八眉下一张嘴,无奈之中透着喜感。生活中何尝没有如此灰色幽默呢? 在窘态中尽显幽默感,方能不败下阵来,██有神嘛!

逃跑的兔子

一天,有只兔子费了好大的劲,从实验室逃出来。这只兔子是在实验室里长大的,当它的小脚踩到草地上时,那感觉真是太美妙了,说真的,它还是第一次看到太阳呢!

兔子来到一排篱笆前,从底下钻过去,立刻被另一番美丽的景象迷住了,只见很多小野兔在自由自在地吃那些绿葱葱的嫩草。兔子在实验室里的时候,老被讨厌的大烟鬼霍金博士折腾来折腾去的,什么时候见到过这么多小同伴啊!

"嗨,"兔子朝那些小野兔喊道,"我是一只刚从实验室里逃出来的兔子,请问我可以和你们一起吃嫩草吗?"

"当然可以,你快过来和我们一起吃吧!"小野兔们热情地招呼它。

兔子于是就一蹦一跳地跑了过去，和小野兔们一起吃起草来，它觉得这草的味道真是太美妙了。

吃着吃着，兔子问小野兔们："你们还有其他东西可以吃吗？"

"噢，"一只小灰兔说，"你看见前面那块地吗？那里种了一些胡萝卜，我们也可以吃。"

兔子无法抗拒胡萝卜的诱惑，就赶紧跑了过去。一尝，啊，味道美极了，它在那儿足足吃了一个小时。

之后，兔子又问小野兔们："你们还吃什么呢？"

小野兔说："你看见前面还有一块地吗？那里种了一些莴苣，我们也吃那个。"

莴苣的味道也太好了，兔子在那里吃得肚子都快撑得地了。

"外面的世界真是太奇妙了！"兔子兴奋地欢叫着，又和小野兔们在草地上撒起野来。

可谁知玩了一会儿，它却突然耷拉下脑袋来，一副萎靡不振的样子。

小灰兔见了忙问："怎么啦，难道你不愿意继续和我们一起玩吗？"

兔子摇摇头说："我当然愿意。可是，我要回实验室去了。"

一听兔子说要回去，所有的野兔都惊讶极了："为什么？你不是喜欢在这里的吗？"

兔子无可奈何地说："我确实喜欢这里，可……可我必须回去，我的烟瘾……烟瘾上来了！"

（叶淦荣）

（**题图**：李 加）

找感觉

　　阿丘有一手开锁入盗的绝技,不管什么样的锁,他都能用自制的万能钥匙在几分钟内打开。就因为这个,他终于让警察逮住,以盗窃罪被判了三年刑。

　　刑满释放回到家,阿丘显得老实多了,一时没有找到工作,就整天呆在家里。

　　这天,阿丘正在家里看报,忽然门被敲响了,开门一瞧,来的是他过去单位的一个领导。

　　领导对阿丘说:"阿丘,帮我开个锁。"

　　阿丘有点不相信:"你是在跟我开玩笑吧?"

　　领导有些着急:"不是开玩笑,我把门钥匙忘在家里了,你快去帮我把门开开。"

　　阿丘看领导脸上焦急的神情,确实不像是开玩笑,于是便拿了那把自制的万能钥匙,跟着领导去他家。

　　可没想到的是,任凭阿丘怎么摆弄,领导家的那扇门就是打不开。

　　领导在一旁着急地问:"怎么回事?"

　　阿丘没吱声,但头上已经冒汗了。

　　眼看二十多分钟过去了,那门锁仍然纹丝不动。领导指指阿丘手里的万能钥匙,说:"是不是你的这个玩意儿不灵了?"

　　阿丘摇摇头:"不会吧,我以前一直就是用它开的,百开百灵。"

　　"那今天是怎么回事?"

　　阿丘自己也觉得奇怪:"我也不知道今天是怎么回事。"

　　又过了片刻,阿丘忽然像想起什么似的,对领导说:"我回去一趟,拿样东西。"

　　不一会儿,阿丘匆匆转回来了,领导问:"回去拿法宝来了?"

　　阿丘没回答领导的问话,而是指了指墙角,对领导说:"你是不是先去那边回避一下?"

　　领导虽然感到莫名其妙,但还是走到墙角那儿,偷偷瞧着阿丘。

　　只见阿丘从衣袋里掏出墨镜和口罩戴上,神秘地朝左右张望了一下,然后将手里那把万能钥匙插进锁孔,三下五去二,门一下就打开了。

　　领导这才恍然大悟,阿丘戴上墨镜和口罩,原来是为了找过去那种感觉啊!

　　　　　　　　　　　　　　　　　　(吉凤山)

　　　　　　　　　　　　　　　　(题图:李　加)

服务到家

这天,胡老汉到市里办事。事办好了,天也晚了,到车站一打听,人家告诉他没有回去的车了。胡老汉一听发了愁:离家还有二十里路,这可咋办?

路边有几个拉客妹子,一看胡老汉拎着个包、满脸是汗的样子,就知道他是个外地人,于是就围过来,"叽里呱啦"地说:"大哥,到我们店里去吃饭吧?""大哥,到我们店里去住宿吧?"她们扯他的手,挽他的臂,亲亲热热地一口一个"大哥",硬把胡老汉往自个儿车上拉。

胡老汉问其中一个妹子:"住一晚上多少钱?"

那妹子说话拐弯抹角的,答道:"床铺费很便宜的,十块、二十块就能住单间了……我们各种服务很齐全的。"

　　胡老汉知道她说的"单间"是什么意思,因为他家楼下那个小旅馆里就有这种"单间"服务,派出所来查过好几回了,可这边查那边溜,一点没用。胡老汉不想去住那样的旅馆,嘴里自言自语道:"我一把年纪了,随便睡一晚上,天亮也就回去了。"

　　可那妹子不放过他,说:"行呀,就按你说的吧。"她硬拉着胡老汉坐她那辆中巴车。

　　胡老汉一愣:"住宿还要坐车?"

　　那妹子紧扯着胡老汉的手,生怕他跑掉似的,说:"怕什么?坐我们这车是免费的。"说着,她把胡老汉硬拽上车,紧把住车门就不让下来了。

　　随后,这辆中巴车就在车站广场上不停地来回捣着接人,开了半天也没开出广场。胡老汉看着也累,心想:算了,反正上了"贼船",让他们穷折腾去,还能把我怎么样?他索性把头歪靠在椅背上,迷迷糊糊地打起盹来,至于后来车子什么时候离开车站广场,又在路上开了多长时间,他一概不知。

　　不知过了多久,忽然,那妹子过来拍他的肩膀,他猛地一惊,这才意识到是旅社到了,赶紧提了包,脚步不稳地下了中巴。

　　脚一落地,他眨巴眨巴眼睛,四下看了看,不觉乐出了声:啊哈,这不到自家楼下了吗?再听楼底下的说话声,那个大嗓门的不就是自己老婆曹桂花的声音吗?胡老汉"嘿嘿"一乐,拎着包,头都没回,直奔那大嗓门的地方去了。

　　中巴车上的那妹子一看急了,一步跳下车追上来,对他直嚷嚷:"不对,不对,我们旅馆在右边!右边!"

　　胡老汉回过头朝她打趣道:"我知道,我去找个老相好的来!"

　　他扯开喉咙大叫起他老婆的名字来:"曹桂花,我回来了!"

　　　　　　　　　　　　　　　　　　　　　　(相裕亭)

　　　　(题图:李　加)

　　有个孤身老人,特别喜欢猫,家里的猫死了以后,身边没个做伴的,感到非常寂寞。

　　有一天,老人走过一个巷子,见巷口挂着一块牌子,上面写着:买猫请向巷内走一百米。老人欣喜若狂,拔腿就向巷子里钻。果然走不多远,就看见有家小店,店门口写着一个大大的"猫"字。

　　老人跨进店门,一个文质彬彬的年轻人迎了上来。

　　老人四下打量,没见一只猫,嘀咕起来:"我是不是走错门了?"

　　年轻人笑着问:"您想买猫?"

　　老人点点头:"是啊!"

年轻人说:"那就对了,我们这儿什么猫都有。"

老人问:"多少钱一只?"

年轻人说:"那要看您买啥样的。"

老人一听笑了:"不挑剔,公的、母的都行。"

年轻人愣了一下,马上就笑了:"我们这里只有硬猫和软猫。老人家,您一定是搞错了。"

老人一听挺生气,指着门口说:"什么硬猫、软猫,你们这不是明摆着骗人吗?明明写着卖猫,还说是我搞错了,你们捣的什么乱?"

店主闻声,赶紧出来调解:"误会了,误会了!老人家,我们说的'猫'是电脑上的硬件,它的学名叫'调制解调器'。您看,就是柜子里摆的这种。"

老人朝柜子里瞅一眼,鼻子里"哼"了一声:"它根本不像猫!"

"您不知道,"店主赶紧给老人解释,"现在大家都爱这么叫。电脑上还有很多部件,都是用小动物来命名的,像'鼠标'啦,'加密狗'啦……"

老人听着似懂非懂,但觉得挺好玩,听了一会儿,忍不住问:"你说的这狗啊、猫啊什么的,它们到底能干什么呢?"

"领您上网啊!"店主见老人来了兴趣,便眉飞色舞地介绍起来,"老人家,只要一上网,您就能去周游世界啦,您就能见到各种各样的猫,那可比养一只猫有意思得多了!老人家,买一台电脑吧!"

老人没吱声,可回家后过不了几天,他果真去买了一台电脑,从此再不感到寂寞。

(张　湃)

(**题图**:李　加)

想抱就抱

　　光大文化公司有个小伙子,叫何书祥,近段时间不知怎么搞的,面黄肌瘦,眼窝深陷,整天唉声叹气。同事们以为他得了大病,劝他去医院查一下,他只是摇头,说:"我这是心病,看不好的。"

　　跟何书祥一个学校毕业的同学小东看在眼里、急在心里,一天下班后就拉他去喝酒,想趁此机会劝劝他。可酒都喝了八成了,何书祥眼泪在眼眶里转悠,想说什么,终究还是没说出来。

　　小东猜想他心里一定有事儿,就干脆直截了当地说:"怎么?你还信不过我?有什么大不了的事儿,杀头不过碗大个疤,男子汉大丈夫,看你那熊样!"

　　何书祥被小东说得额角上的青筋一暴一暴的,他猛一口把杯里的酒喝了个底朝天，说："不瞒你说，老同学，我什么毛病也没有，我就是看上了一个人。"

小东一听哈哈大笑："嘿呀，我还以为是什么了不起的事了呢！天底下就数人多，看上就追呀！你说说是谁吧。"

何书祥说："外联部主管吴晓娟。"

小东一听，跳了起来，"你可够毒的呀！人家是从加拿大回来的留学生，又是倾城倾国的大美人儿，会讲好几国外语，洋鼻子追她的还一大堆呢，亏你也真敢想！"

何书祥说："我知道我这是'剃头挑子一头热'，有好几次我在公司门口等她，她从车里出来连看都没看我一眼，我也没奢望和她谈婚论嫁。我只是有一个小愿望，要是能实现，我也就心满意足了。"

小东问："什么愿望？说出来我听听。"

何书祥说："我……我就是想抱她一下，亲她一口。我知道，我这个念头很非分，可我控制不了自己。"

小东一听何书祥居然有这样的念头，吓了一大跳，抱着脑袋说："好我的祖宗，你能不能实际点儿？你想想，人家连看都不看你一眼，还能让你抱？让你……不告你个性骚扰，就抓你个调戏异性。我们这是法制社会，你弄明白点儿！天下女人这么多，你干吗就盯着她一个人？"

可不管小东怎么开导，何书祥就是不开窍，一杯一杯地喝闷酒。

小东看他这难受样，灵机一动说："咱们公司策划部主任王总是名牌大学的高材生，又是留过洋的博士，人家读的书多，见识也广，满脑袋点子，要不我们去他那里问问，说不准有什么好法子呢？"

何书祥此时苦恼异常，于是就依着小东，两人连夜赶往王总家。

王总正在家里看电视，见他们这么晚了还一身酒气地上门来，以为出了什么大事，等到弄明白了缘由，不禁哈哈大笑起来，拍拍脑门儿对何书祥说："这不算个难事儿，我来帮你这个忙。"

何书祥一听王总这话，高兴得脸上顿时就"多云转晴"起来。

只见王总在屋里走了几个来回，又到案前翻了一下日历，对何书祥说："这样吧，今天是10号，你13号晚上来我家吃饭，我把吴晓娟也请来，到时候让你既能拥抱她，又能亲到她，好不好？"

何书祥疑惑地问："我……我得带多少钱？"

王总摆摆手："这还要什么钱？一个钱不要！"

何书祥不放心："那……她不会把我告到法院去吧？"

王总说："不会，绝对不会，你放心好了。"

怎么事情到了王总这儿竟就这么简单？何书祥和小东都不相信，心里直犯嘀咕。

可王总口气很硬："你们回去该干什么干什么，这事包在我身上。不过往后可得努力工作、好好生活，不能再有如此不切实际的想法了。"

何书祥连连点头："是的，是的，我保证。"

一晃两天过去了。

到了第三天，也就是王总说的13号这一天，何书祥特地穿了一套笔挺的西装，临出门时又把家里存折之类的东西都带在身上。他想：如果今晚人家报案，我就直接进公安局，估计一年半载是回不来的。

小东出于好奇，陪着何书祥一起来到王总家，王总果然让他妻子准备了一桌便饭，等着他们。

不多时，吴晓娟也带着一股春风来到王总家里。

不过在吴晓娟到来之前，王总已经和何书祥说好了："待会儿吃完饭，你和吴晓娟并排坐那儿看电视，时机成熟时，我会拍你的肩膀。只要一拍，你就跳起来朝她扑上去，抱她亲她都没问题。"

王总说得这么肯定,可何书祥心里却打着小鼓,他觉得简直像做梦一样。

晚饭之后,按照王总事先的布置,大家一块儿看电视,何书祥就坐到了吴晓娟旁边。他紧张得心都快要跳出来了,至于电视里在放什么,他根本没在意,他一直留神着王总,因为王总不断地给何书祥使眼色,示意他做好准备。

不多时,王总终于一掌拍到了何书祥的肩上。可谁知何书祥刚朝吴晓娟转过身去,吴晓娟的动作却比他还快,跳起来紧紧抱住何书祥,在他脸上亲了一口。

何书祥哪里料到吴晓娟会对自己这么主动,于是也赶紧抱住她,也在她的脸上美美地亲了一口。与此同时,屋里几个人都站了起来,叫着,跳着,相互拥抱,一片欢呼。

何书祥的愿望终于实现了,他怎么也不敢相信这是真的。但这确实是真的啊,因为这是 2001 年的 7 月 13 日,在这一天,中国北京申奥成功了!

(徐 洋)

(**题图:**张 恢)

不能接近的目标

　　一位男教练带着一群少体校游泳队的女队员，来到一个僻静的小海湾集训，此时宽阔的海面上只有一名男子在游泳。

　　见到美丽的大海，姑娘们兴奋不已，纷纷跳入海中畅游。可是不久，教练就发现有情况：水里的那个男子既不上岸也不向远处游，只是紧紧盯着这些姑娘看。教练认定这名男子是个色狼，就对姑娘们说："以那个男子为目标，向他发起进攻，比比谁游得快！"姑娘们听到命令，立即争先恐后地朝男子游去。

　　那个男子见姑娘们突然朝自己游过来，吓得掉头就向深海处狂游，一边游一边不停地喊："你们莫过来！莫过来！"

　　可姑娘们哪里听他的，在后面穷追不舍。距离越来越近，眼看就要追上了，可奇怪的是，她们突然都停止了追赶，纷纷往回游。

　　教练非常生气,责问她们为什么不听命令。

　　姑娘们个个都红着脸,不肯回答。后来,见教练追问得紧,一个胆大些的姑娘才说:"教练,我们不能再游过去了。"

　　教练一听火了:"不能再游过去?你们离那个人还有好几米呢,你们以为我看不见啊?"

　　正在这时,海面上那个男子大声喊起"救命"来。原来刚才他游得太急,这会儿腿肚子抽筋,人支持不住了。

　　教练怒气未消,冲着姑娘们呵斥道:"快,你们还不快过去救人?"可那些平时都挺服从命令的姑娘们,此刻却纹丝不动。

　　还是那个胆大些的姑娘吞吞吐吐地说:"教练,我们不能去救,救了他……我们就得牺牲……"

　　教练怒气冲冲地说:"你们怕牺牲?那好,我不怕,我去救!"

　　这时,那个男子叫"救命"的声音更加急促了,教练来不及多想,一个猛子扎入海中,朝男子游了过去。游到离男子十米左右的地方时,教练看到男子的脸色十分苍白,情况非常危急,他于是加快速度冲了过去。

　　就在这时,他突然发现男子没穿衣服,光着身子呢!难怪他见了姑娘要逃,也难怪姑娘们刚才不敢靠近他。

　　此刻,男子看见教练来救他,像抓住了救命稻草,第一句话就说:"快,把你的游泳裤借我穿一下,我在水里已经泡了两个小时,实在支撑不住了。"

　　救人要紧,教练二话不说就把自己的游泳裤脱给了男子。男子穿上后拼命朝岸上游,上岸后抱着自己的衣裤就跑。

　　这时,教练突然醒悟过来,领会了姑娘们说的"救了他我们就得牺牲"是什么意思。情急之下,他冲着男子的背影急叫起来:"我的裤子……还我的游泳裤……"

(邓　发)

(题图:李　加)

陪朋友吃饭

　　阿海爱交际,朋友也多,所以陪朋友吃饭就成了家常便饭。

　　昨天朋友请吃饭,阿海去了,几个人都喝多了,可阿海感觉意犹未尽,再说老让朋友做东,心中过意不去,所以他决定今天请他们再去撮一顿,去的还是昨天的那家饭店,店面不大,但菜比较实惠。

　　刚入座,朋友小李说:"昨天喝多了,菜也没大动,回到家就吐了,到现在还感觉肚子里不舒服。"

　　小吴说:"俺更惨,俺刚镶的金牙磕碰掉了,让俺老婆找了一晚上也没找到,今天俺可不敢多喝了。"

　　阿海说:"少喝酒,多吃菜,总可以吧?昨天上的甲鱼汤,咱们根本没吃多少,多可惜!所以今天我又点了这个。"

　　说着话的当儿,甲鱼汤端上来了,阿海给朋友们每人盛了一碗,起劲地催促他们一定要尝尝鲜。大伙儿觉得阿海盛情难却,就打起精神很快把碗里的汤喝了个精光。

　　阿海于是就再给他们舀汤。

　　这时,他突然感觉汤碗里像有个金属样的东西,用汤勺舀出来一看,他纳闷了:"这是啥呀?"

　　大家都凑过头来看,小吴突然大叫一声:"天啊,这不是俺昨天丢的假牙嘛,咋跑到这里来了?"

　　大家一听,"呼啦"一下全跑去洗手间,"哇哇"大吐起来……

（邱德军）

（**题图**:李　加）

注意女人

　　小刘刚从乡下来到城里，对一切都觉得新鲜，对什么都感到好奇。

　　那天，他上公共汽车时，看到车门上有四个红字：注意女人。字虽然歪歪扭扭的，可却把他吓了一大跳。他有点弄不明白：难道城里的女人这么厉害，连坐公共汽车都得提防她们？

　　城里的公交车现在售票都是自动刷卡或者投币，没有售票员，所以上车后小刘就打算问问司机，这"注意女人"到底是什么意思。可当他走到车前门处一看，愣住了：开车的就是个女司机！女司机不就是女人吗？女人不就是要"注意"的吗？那还怎么问她呢？

　　小刘只得在前排乖乖坐下，不敢吭声。

　　因为是起点站，乘客不多，车上只有四五个胡子拉碴的男人。小刘心想：如果在车上要"注意女人"的话，也就只好注意这位司机大姐了。于是，一路上他就像学生盯黑板似的盯着她，两只眼睛眨也不眨。

　　这一来，司机有所察觉了，也时不时地用眼睛的余光向他扫过来……

　　车到终点站，其他人都下车了，小刘憋了一路实在憋不住了，他一个箭步冲到女司机面前，想把心中的疑惑向她问个明白。

　　可是女司机吓坏了，惊恐地喊道："你想干什么？"

　　小刘指着车门上"注意女人"四个字，问她："你能不能告诉我，为什么要'注意女人'？"

　　"注意女人？"女司机先是一愣，回过神来之后忍不住大笑起来，给小刘解释说，"这四个字本来是'注意安全'，写在那里是提醒乘客，上下车的时候注意不要被车门夹伤。因为时间长了，'安全'的'安'字上面'宝盖'和'全'字下面的'王'字，漆都磨掉了，这就成了现在的'注意女人'。明白了吧？"

　　"原来是这样。"小刘挠着头皮，不好意思起来。

　　　　　　　　　　　　　　　　　　（张运来）

　　　　　　　　　　　　　　　　　（题图：李　加）

还是没想到

这天，阿华接到妹夫电话，说星期天要到城里来，送一些自家田里种的新鲜蔬菜给他们尝尝。可是，这电话着实让阿华为难，他愁着个脸，老婆问他是怎么回事，他支支吾吾了半天，最后才把原因说出来。

原来，阿华觉得自己妹夫相貌很丑，如果给邻居们看见他有这么一个亲戚登门，他觉得很失面子，不知道人家背后会怎么议论自己哩。

老婆一听一想也是，所以愣了老半天没吭声。

不过阿华的老婆脑子一转就有了主意，她对阿华说："你叫妹夫自己直接到家里来，咱们家住顶层，只要你不去车站接，不和他一起走进来，别人就是看到他，也不会想到是咱们的亲戚。"

　　阿华一听,立刻拍案叫绝,于是马上就给妹夫打电话,详细告诉他自己家的位置,说因为忙抽不出身去接,到时候让他自己找过来。

　　本以为一切都安排得好好的,可谁知到了星期天,阿华夫妻俩在家中左等右等,眼看都过了晌午,也没见妹夫的影子。

　　阿华的老婆嘟哝说:"怎么回事? 就是不来,也得来个电话说一声呀,这样不声不响的算什么?"

　　阿华说:"要不,我打个电话过去问问,看看有什么事?"

　　两口子正准备给妹妹家打电话,这时屋外响起了敲门声。

　　"准是他来了,怎么现在才到?"阿华埋怨着去开门。

　　不想门一打开,他大吃一惊! 只见妹夫站在门口,身后是两个警察,警察后面挤满了楼里的邻居。

　　妹夫冲着阿华亲热地叫起来:"大哥!"

　　这一声喊,差点没把阿华的魂喊掉,他一时间手足无措,嗫嚅着说:"这……这是怎么啦?"

　　妹夫把嘴一撇,说:"城里真大呀,我一下车就迷了路,只好请警察帮忙。这不,他们把我送来了……"

(伊　豆)

(**题图**:李　加)

要死在大门口

秦水下了班刚走到楼门口,就听楼上办公室同事在喊他。

秦水朝楼上一抬头,问:"啥事?"

同事说:"忘记给你说了,你今天出去办事的时候,你老婆打电话来找过你……"

秦水一听老婆找他,忙问:"她说啥啦?"

同事的嗓门很大,说:"你老婆说——要死在大门口。"

秦水听了心中一惊,两条腿顿时软了下来。原来,昨天晚上秦水老婆和秦水拌嘴,秦水一赌气就在客厅的沙发上过了一夜,早上也没和老婆打招呼就上班了。没料老婆竟然会如此想不开,要死在大门口……

秦水顾不上骑自行车了,打个出租就往家赶。

　　车到小区门口还没停稳,秦水就跳下车大喊大叫起来:"老婆,老婆,你在哪里?"

　　但是小区门口静悄悄的,没有任何异常形迹,进进出出的人看到秦水这个样子,都奇怪地看着他。

　　秦水心里顿时有了一种不祥的预感:难道老婆已经出事,被送去医院了?

　　小区保安闻声出来,秦水颤着嗓子问:"我老婆呢? 我老婆呢?"

　　保安奇怪地眨着眼睛,说:"看你这紧张样儿,出什么事了?"

　　秦水急得都快要哭出来了:"我老婆……我老婆她说要死……死在大门口,她人呢?"

　　保安一听,走进警卫室,从桌上拿起一串东西出来,"嚓啦"一声递给秦水:"你老婆刚刚出门时留在这儿的,让我们交给你。她好好儿的,难道就这么一会儿时间就出事了?"

　　秦水惊得目瞪口呆,伸手往兜里一摸,空空的——自己上班忘了带钥匙。原来老婆说的是:钥匙在大门口!

（寅　虎）

（题图:李　加）

要命的短信

　　小照谈了个漂亮的女朋友,没几天,他就买了一个比女朋友还漂亮的手机送给她。两个人昏天黑地地谈恋爱,话多,短信自然也多。

　　这天夜里,小照正在梦里和女朋友耍闹,一阵"当当"的手机短信提示音把他从梦里惊醒。他赶紧拿起放在枕边的手机,一看,是女朋友发来的:"我睡不着,想你。你呢?"

　　小照立刻浑身血液沸腾,他激动啊,赶紧写短信发过去:"我等着你随时召唤!我是你的爱情专列,你什么时候乘坐,我就什么时候发车!"

　　女朋友的短信又来了:"你刚才在干什么?"

　　小照知道女朋友挺聪明的,不能编瞎话,于是就如实写道:

"我刚才睡了一个小时。"

谁知这条短信发过去没几秒钟,他的手机就撕心裂肺地轰鸣起来,是他女朋友打来的,在手机里朝他直吼:"你去死吧!"

小照吓得脸都白了,又觉得莫名其妙。他赶紧打过去,想弄清楚是怎么回事,可是女朋友已经把手机关了。

这下小照惨了,慌慌张张穿衣服,左鞋穿到右脚上,右鞋穿到左脚上。好不容易穿上鞋,就急急忙忙去找女朋友,他实在搞不懂:刚才还好好的,为何半夜三更突然发起雷霆之怒?可女朋友就是死活不给门,小照只好在她家门口蹲到大天亮。

第二天,女朋友去上班,走出门来,看都不看小照一眼。小照猴急地跟上去,涎着脸问:"到底咋回事?你死也得让我死个明白呀?"

女朋友把手机朝他怀里一扔,"噔噔噔"照直往前走,只撂下一句话:"你自己看看你昨晚干了什么好事!"

小照打开手机,在"收件箱"里一看,看到了自己昨晚发的最后一条信息:"我刚才睡了一个小姐。"

原来如此!

(秋川清)

(题图:顾子易)

年龄不是问题

　　程世余身家过亿,自从妻子过世后,他成了"钻石王老五",很受女士们欢迎。但因为儿子还在上学,所以他一直"按兵不动"。今年儿子大学毕业了,他也准备要找老婆了。

　　他很快认识了一位叫莉莉的女孩。莉莉啥都没得说,就是年龄太小,可莉莉说,她爱的就是程世余的成熟,那种乳臭未干的毛孩子她根本看不上眼。

　　程世余听了她这话心里很受用,但又不知儿子会不会接受一个比他小两岁的后妈,于是就很正式地把儿子请到酒吧,跟他说这件事。

　　哪知道儿子一听就笑了,说:"老爸,都什么年代啦? 年龄不是问题。"

没想到儿子这么开通,程世余激动得当即表态,他以后也不干涉儿子找女朋友,无论美丑贫富,做老爸的一定尊重儿子的意愿。

程世余把儿子的态度告诉莉莉,莉莉听了也很开心,就让他赶紧提亲。

程世余挑了个好日子,来到莉莉家。莉莉爸爸去世了,家里只有妈妈一个。莉莉的妈妈保养得很年轻,看起来就像是莉莉的姐姐。

莉莉妈妈盯着程世余头上的几缕白头发,疑惑地问:"您老……贵庚?"

程世余赶紧掏出条钻石项链,毕恭毕敬地递过去,说:"请相信我的诚意,年龄不是问题。"

莉莉她妈接过项链,脸上立刻多云转晴。

程世余又趁热打铁,临走时满脸通红地叫了一声"妈"。

两个人的婚事就这样定下来了。

正当程世余紧锣密鼓地筹备婚礼的时候,这天儿子告诉程世余和莉莉说,晚上要带女朋友来见他们。到了晚上,儿子果然大大方方地带着女朋友来了,一进屋就兴奋地介绍说:"这是我爸,这是我后妈……"

可是站在一旁的莉莉却惊呆了:"妈,怎么是你?"

程世余做梦也没有想到,儿子的女朋友居然是莉莉她妈。

(阿　玮)

(**题图**:顾子易)

去你家干什么

　　足球世界杯一开赛,办公室里就分外热闹,大家只要有空闲,说来说去就离不开"足球"两个字。小王最看好阿根廷队,小朱说德国队也很棒,小邢是法国队的"粉丝",小夏更是三句话不离意大利队。

　　只有大林,从来不发表意见,别人说得热闹,他却坐在一边唉声叹气。

　　大林平时怕媳妇是出了名的,几个小伙子看他这副被媳妇管教得毫无自由的可怜样,都很同情,于是就凑在一起商量,有什么办法可以让大林也享受享受世界杯的精彩。可是商量来商量去,也没商量出个办法来。

　　小王于是就安慰似的对大林说:"今天下班,你到我家去喝两盅!"

大林眨着眼睛问他:"去你家干什么?"

"看球呗!"小王说,"看你这副愁眉苦脸的样子,老是听我们说球,不如到我家去好好看一回。哼,你媳妇要问起来,你就说在外面开会,看她敢把你怎么样!"

小王满以为大林会对他的邀请感激涕零,谁知大林却瞅他一眼说:"你要能把我媳妇请到你家里去,让我安静一个晚上,我就对你感激不尽了!"

小王听不懂:"你这话是什么意思?"

大林说:"你不知道,上个月我家里买了台大屏幕的电视机,现在好了,我岳父、大舅子、小舅子,还带着一帮小子,天天来,和我媳妇一起整宿整宿不睡觉,就盯着看世界杯,还大呼小叫地闹腾。阿根廷队那场比赛,90分钟进6个球,我就被吵醒6次,还睡哪门子觉?哼,晚上折腾了不算,白天你们还唧唧喳喳说个不停,烦不烦?"

小王愣住了……

(刘长杰)

(题图:李　加)